《从人到人》剧照，与迪特保曼（艺术家）合影

在巴黎，为《时尚》杂志拍广告照片

CARMINA
BURANA
JIN XING
ORCHESTRE ET CHOEURS DIRIGES PAR YVAN CASSAR
10-19 JUIN 2005
PALAIS DES CONGRES

2005，巴黎海报

《无题》

《上海探戈》

《红葡萄酒》

《色彩的感觉》

《半梦》

《序幕》

《小岛》

《舞 02》

《红与黑》

《脚步》

《四喜》

2003年，与德国艺术家合作《从人到人》

作者与金星在马赛合影

吴易梦　著

舞魔金星

上海远东出版社

图书在版编目(CIP)数据

舞魔金星/吴易梦著.—上海:上海远东出版社,
2005

ISBN 7-80706-035-2

Ⅰ.舞... Ⅱ.吴... Ⅲ.纪实文学-中国-当代
Ⅳ.I25

中国版本图书馆 CIP 数据核字(2005)第 020449 号

本书以下影照由洪南丽拍摄:

《无题》、《金星谢幕》、《上海探戈》、《红葡萄酒》、《色彩的感觉》、《半梦》、《序幕》、《小岛》、《舞 02》、《红与黑》、《脚步》、《四喜》、《在巴黎卡西诺剧院门前合影》、《金星接受法国电视台采访》、《在中国餐馆“赤隆克”过春节》、《中国驻比利时大使关呈远等与金星合影》。

序

金　星

人类被创造以后，人类的始祖是亚当，他与上帝及亿万生灵共同生活在伊甸园里，幸福安乐，无忧无虑。但是人只有一个，为此上帝从亚当身上取下一根肋骨，造出了夏娃。这是《圣经》里的传说。

女人是男人身体的一部分。我由男人转变为女人，肉体经历过一次脱胎换骨的彻底转变，真实演绎了夏娃脱胎于亚当的过程，或许这个演绎过程连灵魂也在叹息，但我自认为自己是一个幸运的人。

宇宙起始于黑夜。但我不惧怕黑夜，而且，两眼总喜欢往黑暗的地方看，感觉中那黑的地方有个东西，在看着我，相信那里有一种自然的东西在看着你，这东西永远是你看不见它，而它却能够看见你。它永远是在黑暗的地方，孕育着神秘。我对黑暗特别尊重，把它们看得很神圣。

我跟我自己对话的时间很多，我什么都敢想。我经常跟自己对话，自己把自己难住了，自己把自己开脱了，自己把自己说服了。所以在别人眼里，我始终是那么开心，没有烦恼，因为在和自己对话的过程中，什么烦恼的问题都解决了。到目前为止，我自己还把自己问出很多问题来，自己跟自己解释。这是我从小养成的习惯，我现在做的每一件事情，都是我小时候的梦想。做一个漂亮的女人，会五个国家的语言，周游全世界。有人问我崇拜过谁？我说，我从来没有崇拜过任何人，但我尊重、欣赏所有的艺术家，我尊重每一个人。

确实是这样，从小我就有一个概念，我会与所有优秀的人做得一样好、一样出色。只是我的时代没有到，到我的时代，我一定会把自己最光亮的东西拿出来。所以，我一定在机遇没有来临的时候准备好，一旦机会来了，我就会毫不犹豫地冲上去。机会永远只站在你的前面，就怕你自己心里没有准备、没有实在的内容。因而，直到现在，我还觉得自己还不行，自己的事业才刚刚开始。有朋友说，你已经取得很大成绩，你到底想怎么样？我说，我不知道，我野心大着呢。

我是急性子，所以我一直在跟我的急性子作斗争。我自觉天分高，我吃苦能力等什么条件都够。我出生在一个平民家庭，所以，我的生活是从最底层开始的。但我的智商、天赋不低。别人有的是生下来就有，有的是后天生成的，而我把这些都攥在手里。一个人的天数有十二分，我只要努力，都能拿到这十二分。我生于“文革”动荡的岁月。我虽然没有亲身经历过，但我真切看到过。纷繁的时世，使我养成了一种特殊的思考习惯。

在我 19 岁的时候，我非常感谢生命给了我一个自我成熟、自我选择的状态。它会告诉你，你在选择当中，你的世界观是什么？你的人生观、你的艺术观、你的性倾向完全是处在自我选择的状态，而不是别人给我约定成的。在我出国之前，我知道我 5 年以后该干什么。

我的这种心态，只能意会，不能言传的。这跟我跳现代舞的境界很相像。在意大利，我是一个很招惹人的人。由于品位的提高，所以，我的穿戴、仪表，都有了变化。也许正是这样的变化，把我内在的优良素质衬托出来了。人们一直在我性别上犯错误，都认为我是一个女孩子。但从女孩子当中又看到男孩子那种果敢。这是最让人兴奋的。后来，我要做手术的时候，我给意大利的朋友通电话。意大利的朋友说：你看，你没有做手术前，男人也喜欢你，女人也喜欢你，如果你做了手术后，男人不喜欢你，女人也不喜欢你，你可怎么办啊？我说：顺其自然吧，该是怎样就是怎样。

在1993年之前,每个周末,在比利时的布鲁塞尔有一个大的古董交易市场。我没有钱买古董,但我很喜欢古董,这是我的嗜好。我喜欢艺术家设计出来的珠宝。这是我的个人爱好。

我到古董市场一看,全都是中国的,当时我的心里特别自豪。每个星期天都从那里走过,我从心里感到:做一个中国人,还是挺自豪的。以前我在中国的时候,我的爱国情操没有那么高。老想着国外好,要到国外去。但当你真正到了国外,生活了一段时间后,兴奋点过了以后,你作为一个普通人,在那个国度生活的时候,回头一看:哎哟,自己这个国家不得了!这个国家的大背景、大文化,真是不得了!所以,我非常骄傲。这种自豪和骄傲感,是文化给予你的。你也许在这个国度生活的时候不觉得这些珍贵,但是,当你离开她的时候,你会感受到一个有历史沉淀的国家文化,是多么厚重。我的生活,我的很多举止在议论中、在误解中,告诉我是一个什么样的人。因为我很少解释,这可能跟我的星座有关系,我是狮子座的,性格像狮子。

为什么我做了手术以后,生活各方面越来越好,这与我的性格及努力有关。我没有伤害过人,当别人伤害我的时候,我不去报复,不去计较。当你生命需要的时候,别人都会出来帮助你。我特别相信这一点。

10多年了,我还在舞台上从事自己热爱的艺术。即使中间有过许多磨难和屈辱,我都没有放弃过对艺术的追求。

以前跳舞,我不喜欢表演,我觉得跳舞是用你的身体去跳,干嘛老用那么多面部表情呢?但是,我们中国古典舞的风格很多程式化表演的东西都在脸上,我对这种面部表情非常惧怕。这不是我的长项。

学习现代舞后,我突然发现这种舞蹈不需要你的面部表情,面部表情是你身体的一部分,不是故意去做作的,是自然的流露,这样太舒服了。现代舞是一种回归自然的产物。以前是跳技术，没有灵魂，现在注重的是灵魂和思想，而且要摆脱以往的技术束缚，回归自然表现。

艺术应该真实表达自己的感受。很多朋友对我的期望值很高，经常对我说：金星，你怎么最近不出新作品？我说：我不是仙人，在我没有灵感的时候，思维允许我大脑空白。我不是个机器，艺术也不是工厂，必须在某个钟点按部就班拿出东西来。我需要吸收营养，创作的思维需要有不断的养分充实进我的脑海，然后，让我的天分自然流露出来。

所以，我对自己创作思维很清楚。当我有灵感的时候，我会全力投入，当没有灵感的时候，我会休闲下来，尽情地享受生活，享受阳光。有的朋友会问我：你孤独吗？我说：谁不孤独啊！所有人来的时候，只有一个人陪着你，是你的母亲；你走的时候，永远是一个人走。无论你在世的时候是多么有钱，而最终到死亡的时候是最公平的。光溜溜地来，赤溜溜地回去。这是一个圆的循环，是一种生命的规律。认识了这样一个道理，我们就可以从道理中明白许多人生规则。所有的金钱和物质，应该为人服务。如果人为了金钱和物质活着的话，这种人生是最没有价值的。你给我一千万，我能过得很好；你给我一百元，我也过得不差。钱是为你服务的，而不是你为它服务。我特别相信老祖宗的一句话：三十年河东，三十年河西。人外有人，天外有天。一个出色的演员，拥有这种心态，非常重要。谁不想做最好的，但我尽量在我的范围中做最好的。但我也要想到还有比我更好的。当你发光的时候，比你更好的也许在你的另外一面。这种心态，一直支持我到现在。我对自己惟一的要求就是：时刻准备着。每次来的机会你都会撑上去，当你把这个机会撑破了以后，这说明更大的机会在后面等待着你。如果你的能力把更大的机会又撑破了，证明你还能往上走。但也不要忘了：高处不胜寒。

我深知高处不胜寒的道理。因为我是金星。金星是最亮的一颗星。也是最孤独的一颗星。孤独不是件坏事情。这在于你怎么把孤独变成一种质感、变成你的朋友,和它能对话。这是一个人在不断修养成熟的过程。痛苦和幸福是一家人。

我的人生准则是顺其自然。虽然我做了一件不自然的事情,但我觉得也是顺其自然的结果。我对我的选择只有两个字:诚实。你可以对任何人装扮,但你千万不能骗你自己。连自己都要欺骗的人,是非常可悲的人。在我的生命中,我觉得我应该是女人。是一个很出色的女人,是一个很优秀的女人。在这个女人当中,包含了女人、情人、母亲、明星、演员等各种各样的角色。但这些都不重要,我要对金星两个字诚实,对自己的生命诚实。而这种选择是在不影响他人,不破坏社会的前提下做出的选择。我认为,这种选择应该是值得尊重的。

别人谈论我,议论我,是很正常的、自然的。能理解我的人,我非常感谢他;不能理解我,时间会让你们理解。但是,我认为自己做了一件很诚实的事。我有个绰号,叫“玻璃鱼”。我一些要好的朋友都叫我“玻璃鱼”,说我是透明的。从骨头缝里都能看得见的。我的爱憎非常分明,我最大的特点是敢于承认错误。当我认为对的事,谁也改变不了我。著名诗人于坚曾对我说:金星你是全中国心理最健康的一个人。我非常感谢于坚的这句话。这对我是一个非常大的奖赏。生理健康做起来很容易,要做到心理健康就得经过一番痛苦的磨难。

不要自欺欺人、掩耳盗铃。我在国外经常鼓励自己:车到山前必有路。只要你坚持下来,出路就在你的眼前。中国博大精深古老的文化给了我丰富的人生财富。有些外国人问我:金星,你为什么不在国外发展,要回到国内发展呢?我说:我宁当鸡头,不当凤尾。中国是个多么大的背景啊!我在中国做得最好,为什么要到你们国外去?

我很欣赏外国的文化氛围,但那永远不属于我。中国的文化大背景太饱满了。我很骄傲,很自豪。到现在为止,我保持着中国护照。

我没有换任何国家的护照。有人说:你这样多麻烦啊! 我说:不麻烦，这证明你是一个有国家的人。你是一个有民族根基的人。护照是代表一个民族的尊严。我在欧洲,始终穿着中国的旗袍,我总是在通过各方面的努力,来传达中国文化的精华。

对西方的文化,我只是站在欣赏的角度。中国的文化太伟大了。我尊重生命,为生命而真实地活着。我渴望跟健康的人打交道。很多人问我:你将来要找什么样的男人? 什么样的丈夫? 我说:身体健康，心理健康就可以。人的能力有高低,人的财富有多少,这都不重要。重要的是人的本质素质。

很多朋友说我是个阳光明媚的人。我之所以像阳光一样灿烂地活着,因为我心里有个处世的尺度;痛苦始终是留给自己的。痛苦是可以自己去消化,可以自己去咀嚼,你要给别人带来快乐。所以,人们看见我是阳光明媚的,没有任何烦恼的。

但是,我站在舞台上,完完全全是个悲剧角色。很多人看我跳舞,不知不觉要落泪。我问他们:是为我难受吗? 他们说:不知道。

生命是痛苦的,过程是美丽的。所以,我把这种生命的痛苦,融入肢体语言里,使人们感受到了我们共同经历的痛苦。这种痛苦是和美同时存在的。我相信自己的行为方式是这样,我的这种行为方式,是把这种真实的感受,化为生命呈现在舞台上。

我十分欣慰看到《舞魔金星》的出版。其实我本人并不是什么“魔”,而是我的现代舞沾了点魔气。读者若能从这本书里看到一个舞蹈世界里的金星,我的心里就十分满足了。

金星——太阳系最引人注目的天体，惟一逆向自转的行星。而这个叫金星的人也在自己的人生中实现了逆向自转，从男人变为女人，孤独的涅槃中惟有舞蹈还原生命本色。

目录

写在前面的话

藏在上海一幢高楼里的练舞房。宽敞的房间，整墙的镜子，激昂的音乐。金星娇小的身体在宽大的练功服中随音乐而挺起、收缩、飞扬。她身后是七八个年轻的舞蹈演员，竭力模仿她的每一跳每一跃。“一、二……向前！慢慢走！”金星嘹亮的声音穿透音乐的节拍，有一种腾空而起的刚毅，而她的身形在柔媚与刚健中交错变换。刹那间不要去管金星是谁，不要去想她有过多少不寻常的过去，那一刻，只会感到她在用生命舞蹈，演绎孤独、演绎人的张力。

上海应该是金星的福地，她的朋友说她是“男的女的你都占全了”，她认为自己事业的前进也是因为男和女的双重个性在牵引着她。金星在国外比国内更如鱼得水，她在国外巡演、拍电影，她的自传也会先在国外出版，轰轰烈烈地，墙内开花墙外香。

金星的个性似乎是强烈而宽敞的,她的宽度在于她敢于尝试各种东西,除了生活中男女的身份转换,她的艺术也在跨国界中进行。她跳舞,拍电影,从爱话剧到演话剧《狗魅》、前卫观念剧《从东到西》,她直率地批评张艺谋和章子怡但你不觉得她是在炒作,她读过从杜拉斯到罗伯特·穆齐尔等人的很多文学作品,她最喜欢的电影是法国导演勒孔特的《理发师的情人》,最后,她回归舞蹈。

在真正地与金星近距离接触后,再去对照昆明诗人于坚评价金星的那句话——"金星是全中国心理最健康的人",觉得诗人其实说得不算夸张。

她的舞和人都有华丽的形式感,让人觉得刺激性的生疏。难怪为她拍照的摄影师一再说觉得她"恍惚"。其实她是罕见的没有一丝暧昧气息的人,"自由"、"饱满"、"变"、"美"和"爱",这些在当下时代里常被认为是大而无当的词语,之于她,却有着居之不疑的意义。"我从不抱怨,欲望就这么大,生活给我的永远超过我想要的。"这就很饱满。

金星的魅力是闪耀在舞台上的,正如她自己所说——"有人说我是用生命在跳舞,因为我太爱舞台了,只要我站在舞台上,无论是作为舞者还是话剧演员,我就会表现出自己最好的一面,不会让观众失望。"

"我的事业的巅峰还没有到呢。时间会证明一切,也许只有在我死后,我的艺术才能得到承认。一切顺其自然吧,谋事在人,成事在天。"

出征欧洲

做人难，难就难在心灵与行动的统一。我们在生活中，多少都有些掩饰自己的成分。而剥去掩饰的伪装，心灵……

做人难，难就难在心灵与行动的统一。

我们在生活中，多少都有些掩饰自己的成分。而剥去掩饰的伪装，心灵最真实的那一部分便完全袒露了出来。不过，要袒露真实，必须有勇气！勇气浇铸在人的思想基石上，让智慧磨砺出光亮，让灵魂从尘封的世俗中复苏，这是圣人们的心灵所走过的轨迹。而在心灵轨迹的旅程中，有一个奇异的人物值得我们关注，她就是著名现代舞蹈艺术家——金星。

“其实我不是男人、不是女人，而是人！我实现了自己的内外统一，这是对生命的诚实，是让生命获得自由的选择！”

这是金星的话。

金星心灵的透明度，如阳光下的水晶玻璃，没有阴暗，没有晦涩，一切是坦荡的，像清晨荷叶上的露珠，闪烁着明丽的光彩。金星的聪慧和敏锐、坚毅的个性和奇妙的现代舞蹈艺术才华，始终有一股神秘的力量撼动着你的精神。这是我产生了解金星的极大兴趣的原因之一。

也许是天意，在茫茫人海的申城，我有幸结识了金星。与金星相识，缘于给金星整理自传。整理完金星的自传，我被她独特的传奇经历深深地感动了。我认定这是一个卓越而有着特殊才华的艺术家。

一天，金星把一盘自己在韩国演出时录制的现代舞盒带给我，让我回家了解一下她所从事的舞蹈事业。说实话，在没有和金星结识之前，我是没有看过一场现代舞的。甚至对现代舞的概念还十分陌生。回家看后，非常震惊，原来金星的现代舞是这样有魅

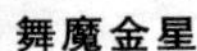

力、这样精彩绝伦！我在心里开始重新认定，金星非凡的才华所孕育的肢体语言，都展现在那富有诗意的韵律和深邃思想的现代舞蹈艺术中。它的奇异不单单是肢体语言的对话，它向我们呈现出了心灵的真诚和灵魂的颜色，金星应该是一个天才而鬼魅的现代舞蹈艺术家。

这是我给金星的定位，也许有失偏颇。但当你与金星真诚地接触过一两回，相信你会产生同样的感觉。以前的媒体报道，多是在追踪金星的变性问题和变性后的婚恋新闻，而忽视了金星真正有魅力的一面——她的现代舞蹈艺术。金星的现代舞是她的灵魂，如果你没有了解金星的现代舞，你就不可能真正了解金星心灵的真实境界，你就不可能在一个奇人的思维里得到你从未有过的智慧快感！

如何评价一个真实的金星，仅仅在认识她的过程中是远远不够的。我在家连续看过几遍金星现代舞录像后，逐渐感悟到一种不能言语的深层次的东西。这是一种十分怪异而奇妙的感受，她向你展示的肢体语言，有着很高的艺术品位和人生的内涵，但又是极容易与你心灵沟通的。它触动了你的灵魂，迫使你的灵魂从你的影子里悄然潜游出来，然后静静坐在你的对面，向你演示着什么。

金星的现代舞就是这样奇妙，能抓住你灵魂的视线！贯穿在你脑海里的是只可意会、不能言传的诗意。而这种诗意的魅力是持久的。它像一个神秘的精灵，蒙着面纱，徘徊在你的心里，始终不肯离去。这就是我对金星的现代舞蹈艺术产生的另外一个好奇的缘由。因而，直觉迫使我认定应该与金星有着更为紧密的联系。我愿意结交这样的朋友，一个能与你的心灵对话的真正朋友。

在整理金星自传时，她曾向我建议有机会和她一起到欧洲看一看，见识一下欧洲的人文风情。我当时没有在意，只认为她是随便说一说而已。因为要去一趟欧洲，不是想去就能去的。然而，去

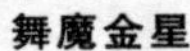

年九月的一天，金星突然通知我去办理护照，让我做好去巴黎的准备。我这才发现，金星当初的许诺，不是随便说说的玩话，她是认真的、守信誉的。

金星的非凡并非是她的变性。但嗜好看稀奇的人，始终喜欢在变性的问题上做文章，目光未免狭窄了些。金星是一个有艺术天分的人。上苍赋予她天分，并给了她第二次选择性别的机会，她就应该拥有属于自己鲜明个性色彩的星辰。

金星的星辰是光怪陆离的。她的很多思维与她的名字一样，是与世俗观念反向运转的。她的现代舞蹈艺术也是这样：耀眼的艺术，光芒四射，迷惑着你的精神情感。不然，金星不会自营舞蹈团、编导这么一台现代舞，到艺术横溢的欧洲去巡演，这不单单需要艺术的天分，而且还要具备坚毅的征服勇气。

这一趟不是一个简单的旅程。要亲自到现场去感受金星现代舞蹈艺术的魔力，并把整个过程真实地记录下来，让更多的人了解金星的艺术和她富有传奇魅力的另一面，这是我给自己定下的任务。而在异国他乡，感受金星带有征服气质的现代舞蹈艺术，这意义就非同一般。

欧洲古老的艺术，总会引起人的几多遐想和向往。第一次出国去巴黎，要乘坐将近十二个小时的飞机，内心难免有一种激动。访问金星时，听到金星对巴黎的描述，说那里的空气特别新鲜，欧式建筑古朴典雅，树木绿得要冒出油来，田野像画布画上去的一样，这多少使我对巴黎产生了迷恋之情。

巴黎是生产时尚的摇篮，是汇集艺术珍品的王国。著名的艺术圣殿罗浮宫就在巴黎。巴黎因为拥有富丽博大的罗浮宫而不可一世。罗浮宫是巴黎人骄傲的资本，是众多艺术家们向往的地方。能在这个时候随金星舞蹈团到巴黎巡演，而且有一个多月的时间，这可是我了解金星的舞蹈和巴黎的一个绝好机会。

金星已提前一天到巴黎打前站，舞蹈团对外事务主要靠她联

系。金星的现代舞跳得出色，在经营方面她同样是一个能人。与外界谈判交流，她有着自己独特的思维和经营理念。金星会说四种外语，所以，她是不需要翻译跟在身边的。因此，她对国外文化市场的把握比一般人要经验丰富得多。如今，能会四种外语的中国艺术家，非金星莫属。她直接用流畅的外文与人交流，妙语如珠。独到的艺术和人生见解，使她博得了众多国家政界和艺术界的青睐。难怪法国总统希拉克到上海访问时，也提出要会见一下中国的艺术家金星。金星的魅力已跃出艺术的界限。

金星的语言表达能力非常出色。和她对话时，她会滔滔不绝向你讲述她的故事。金星的语言流畅，逻辑清晰，思路敏捷，用词准确、贴切，很少有重复的话语。所以，你只要听上金星几句话，就知道她的个性。我在整理她的自传时，基本保持了金星原汁原味的语言魅力，只有这样，你才能了解一个真实、实在的金星。

"我是全中国最大的行为艺术。其实，我一生都在做一个行为艺术，我用我的身体做了一个行为艺术，这个行为艺术不是维持一天，而是一直到我死为止。我用我的生命、我的作品来做人，看社会怎么认同我、接受我！"

艺术成就了金星，金星成就了中国现代舞蹈艺术。她的行为艺术引导了现代舞蹈艺术的发展方向，体现在她对生命价值的认识中。能把这种行为艺术视作自己的生命，视作自己做人的原则，这就是我们所要认识的金星的真实价值！

真实价值靠能力来体现。金星用自己独具风格的肢体语言，创造了真实的价值。以艺术的天赋和勤苦的磨炼，使自己的现代舞蹈艺术阔步登上国际舞台，在高手云集的艺术王国里占有一席之地，这不是一般艺术家能够做到的。

金星的行为艺术贯穿了她全部的生命。我们透过她的作品，看到了她的人格魅力。可是，许多世俗的目光，怀着猎奇的心理，关注着金星的身体。这是我们的悲哀。金星说："我不否认有的人

是带着‘看金星’的好奇心走进剧场的。但当他们走出剧场时，记住的一定是我的舞蹈。如果我的身世能起到这个作用，也算是一件好事。”

金星是大度的，是拿得起、放得开的人。她不在乎人们用另类的眼光看她。她希望你在用另类的眼光看她时，能深入到她深爱着的现代舞蹈艺术的实质中去。那里才包含着她真正的人格魅力和艺术魔力！那里盛开的花瓣，才是世上少有的奇珍。因此，无论你怀着什么样的目的走进她主导的剧场，我相信，你的心灵是会不由自主地被金星的艺术行为所征服的。

我们搭乘的是夜晚十一点四十五分飞往巴黎的班机。十点钟，我随金星舞蹈团来到浦东国际机场。在一道道关口办理完手续后，离登机时间只剩下三十分钟。出行一趟欧洲真不容易，证件反复验证，一些单子还要用英文填写。还好，舞蹈团有一名外籍女演员帮助填写英文单子，否则，过外语这一关，就够折腾你一阵子的。

登机起飞过程非常顺利。我暗暗祈祷，这是一个好的兆头、好的开端，金星欧洲巡演一定不虚此行。

当然，我从侧面了解过金星的心情。这次出使欧洲，金星是有压力的。她对自己的现代舞虽然充满信心，但要得到十分挑剔的巴黎人认可，金星心里还是没底的。金星是带着忧喜参半的心情飞往艺术之都巴黎的。她太了解巴黎了，所以调和了这么一台中西文化结合的现代舞。

肢体语言是没有国界的。金星的肢体语言建立在她对人性的认识过程中。要在以往的认识过程中有一次跨越国界的飞跃，首先就要让出窍的灵魂站立在舞台上。正因为金星抓住了西方人对艺术人性化认知的特点，她毫不犹豫地出征了。

坐飞机旅行，应该是一件十分惬意的事。在国内，我坐过飞行

五个小时的飞机，感觉稍显疲劳，而这次连续乘坐十二个小时跨国界的飞机飞行，感觉上还真够受用的。临行前，妻子让我什么也别想，好好享受一番坐飞机到欧洲长途旅行的快乐。现在真实感受到的情况并不是想像中的那样美。刚开始飞行三个小时，心里还颇感新鲜，随着时间推移，新鲜感就慢慢被高空反应和疲劳抹杀了。在万米高空连夜飞行，时差无法适应。半夜吃晚餐，觉睡得时断时续，并不宽敞的机舱内，人坐得满满的，空气干燥，十二个小时飞行下来，另样的疲劳使你说不出是什么滋味。

人生如梦。一梦方醒，行程万里的目的地——巴黎终于到了。飞机平安降落在戴高乐机场。按北京时间计算，应该是第二天中午十二点，但巴黎还是凌晨五点。天还没有亮，机场却是灯火通明的。戴高乐机场不愧为国际机场，太大啦！飞机降落后，由跑道滑行进入候机坪，就用去了二十多分钟时间。

我们出机场顺利得就像法国人的浪漫一样，两道关口检查，异常轻松愉快。而随身托运的行李跑得更快，早早随着自动传输带运送到行李出口。托运的行李从传输带到行李出口，根本没有工作人员搬运检查，你得自己早早像钟点工一样老老实实等待在那里，不然，行李被人搬走了都没人管。幸好金星知道法国机场的浪漫程度，早安排人守在那里。

这时，打前站的金星和她的男友巴斯卡已备车等候在机场出口。我是第一次见到金星已订婚的男友巴斯卡。巴斯卡是意大利人，在戴高乐机场工作。一米九的个头，长相非常英武。他穿着质朴，围一条浅灰色的围巾，面容总是带着微笑。从他简单的言谈举止，可以看出他是一个非常出色的意大利人。难怪在访问金星时，每当谈到巴斯卡，金星的脸上总是流露出难以抑制的喜悦之情。

金星对舞蹈艺术的追求是精益求精的，所要寻觅的终身伴侣，也是经过反复挑选的。巴斯卡魁梧高大的身材，衬托出金星苗条的身段，这时候的金星，总给人一种小鸟依人的娇媚感。

在婚姻生活上，外界对金星的关注是最多的。但婚姻是个驿站，没有永久的婚姻，只有恒久的爱情。

金星说："我特别相信老天爷已经给我设计的那一幕。我绝对会结婚。而且我觉得我这个婚姻影响最大的不是我，是我的孩子。这个婚姻对我现在的儿子和女儿是有意义的，他们会从我这个婚姻里看到有这样一种生存方式。他们的人生经历了跟他们没有血缘关系的母亲给他们带来的这种生活方式。我不相信婚姻，我相信两个人的感情。我觉得两个成熟的人，不需要一张纸来约束感情。如果两个人的心不在一起了，十张结婚证也没有用！找一个爱你的人，这个人不见得非要是社会名流，但很踏实，是个医生也好，律师也好，有很稳定的收入，懂得怎样欣赏我，无论别人怎么看我，只要他能够欣赏我就行。我做我的舞蹈，很单一地做我的舞蹈，让舞蹈成为我的兴趣、爱好，而不是谋生的手段。人生是一部没有导演的戏，结尾往往出人意料。爱情婚姻也是如此。"

金星对婚姻的感知是朴实的。她尊重婚姻的生存方式，有自己独特的看法。当你见到她现在选择的巴斯卡，就知道这种生存选择的方式是多么鲜明。但她还不认为选择巴斯卡就是选择了她最终的婚姻，因为未来的婚姻是多变的，只有两个人牵手走到白头，面对夕阳，回首往昔，那时候才能下最后的定义。

我们乘坐大巴士来到 IBIS 酒店安顿下来。这是一家两星级酒店，房价并不便宜，双人房一晚上要五十多欧元，合计人民币约六百多元。房间只有十多平方米，设备很简单。金星说欧洲人的卧室大多是这样，他们把大空间留给客厅和吃饭的地方，他们对空间的节约和利用是有着自己合理安排的。

这里的酒店是没有暖水瓶的，法国人习惯喝凉水，除了喝矿泉水外，打开自来水龙头喝凉水是他们的家常便饭，这对我们习惯喝开水和热茶的中国人则是一种考验。一些从国内携带大量方便面的演员无可奈何。好在酒店早餐是免费的，且有开水供应，不然，

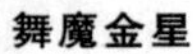

光过喝凉水这一关，就够我们肠胃受的。

在巴黎，外方演出公司给舞蹈团每人每天补助二十五欧元，这是一天的生活费用。金星嘱咐大家：早餐吃饱，中午不饿。我当时想，巴黎的饭菜真的这样昂贵吗？后来进一家普通的中国饭店一看，最便宜的一道类似我们在国内吃的五元盒饭，也得要五欧元。五欧元，相当于五十多元人民币，什么概念？怪不得一些演员带了一整箱方便面，他们是知道国外消费行情的，而我却什么也没有带，只有进饭店吃盒饭。

了解了巴黎吃的行情，我也开始关注起早晨这顿免费的“午餐”。早餐还算过得去，各种面包、奶酪、火腿肉、果酱、果汁、咖啡、酸奶，管你吃饱、吃够。大家都新鲜，开洋荤，吃外国人免费早餐，得吃足了。所以，个个按最大饭量吃，目的只有一个：吃饱了早餐，中午不饿。

奶酪吃多了，果然经饿，我直到下午才有想吃第二顿饭的感觉。吃完早餐，金星召集大家开了一个简短的工作安排会议。旅途劳顿，放假一天，明天一早得赶往马赛作首场演出。金星说着拿出一张巴黎城区地图，指给大家看主要景点的路线，并告诫我们：不能单独行走，要结队，跟着会英语的演员走，才不会迷路。

金星让我们每人买十张地铁票，这样价格要便宜三分之一。就算这样，一张地铁票也要合计人民币十多元。金星布置完工作，就和巴斯卡一道去演出公司开会去了。由于只有一天空闲时间，人还没有缓过精神来，大家都没有去巴黎市中心观看景点的雅兴。于是，我约了化妆师、服装师和摄影师，到酒店附近的小街走一走，先看一看新鲜。

呼吸一口巴黎的空气，十分鲜美而舒畅。这里的空气质量异常好，空间给人的感觉是水亮亮的，空气好像是清水洗过一般。虽然是隆冬，但阳光却灿烂得耀人眼睛，它好像是穿透了一层水晶玻璃照射进来，离你是那样近，那样亲切。整个空间是透明的，像是

装着整年的春天，使你感觉到似有一双温暖的手在轻轻抚摩着你的脸。也许是巴黎以盛产香水著名的原因，你仿佛还可以感觉到空气里有一丝淡淡的香水味道。

走在街道上，你是感觉不出什么压抑的。街道宽敞，两旁的建筑楼宇古朴庄重，墙面用一方方巨石砌成，层数不高，大多在六层左右。它们形态各异，注重楼房表面的雕塑装饰。粗看，是一道道风景画面；细看，又是一件件可以长时间欣赏的艺术品。

巴黎的建筑物，大多数都有百年以上的历史，我们可以体味得出，巴黎的建筑设计大师们，在百年前就已经预想到，用这样的建筑手笔打造他们的城市，是不会过时的。这样的建筑设计，追求古朴自然，与大自然原色非常接近，我们很容易亲近它。加上无烟尘的宽敞街道，尾气净化得很干净的汽车，漫步在这样淳朴宁静的城市，会使人有一种亲临纯自然环境的感觉。我试着用手在街道旁的一棵树的树叶上抹了一下，手指上几乎没有什么灰尘。那绿叶和草坪，的确像抹了一层绿油一样，十分养眼。

但街道上也有遗憾，一些显眼的角落，有不少的烟蒂和纸屑，好像很久无人清扫。这是我在巴黎边缘街道见到的，不知巴黎中心街道是不是这样？这时，我亲眼见到一对母女把手里一张废纸随便丢弃在地面上，而垃圾桶就在离她们五六米远的地方。这或许是巴黎人的浪漫所造成的一种懒散的结果吧！

然而，比巴黎人更浪漫自由的是巴黎的宠物猫狗，它们是可以自由自在地跟随主人逛大街的。而且，可以在街面上随意大小便。狗儿们一副绅士姿态，一点不脸红心慌，屁股一撅，一堆热气腾腾的狗屎便泻在街面上。所以，在巴黎大街上踩着狗屎，不必感到惊奇。这种自由文明程度，我是不敢恭维的。宠物猫狗浪漫得实在有点过头了。在我们中国大城市，虽然空气不如巴黎明净，但绝不会在大街上见到与人一道行走的猫狗，更看不见冒着热气的狗屎。

折过街巷，我们想穿越街道到对面高处一座教堂前留个影。

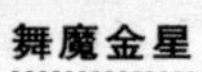

就在我们急于过马路时，一辆小轿车迎面开了过来。我们自觉地停下脚步，避让汽车，但司机却主动将汽车停了下来。司机在车内微笑着示意让我们先过去。坐在驾座上的法国男人，和汽车一样有绅士派头。人比车重要，巴黎的汽车是以先让人为原则的。这倒让人感到亲切。这一点，巴黎的司机比中国司机要文明得多。你在中国要想让司机避让你，就得做好挨骂的准备。巴黎司机所表现的文明素质，让我们肃然起敬。

我们礼貌地向司机摆了摆手，然后顺利穿越马路，登上了对面的小丘陵。人往高处一站，眼前便豁然开朗起来。呈现在我们面前的是一座颇有规模的小学校。学校是教堂似的建筑，远看非常新颖别致。学校前面是一片宽阔的大草坪，有几个学生在上面踢着足球玩耍。令我感到奇怪的是，学校根本没有什么围墙栅栏，一切是开放自由的，学校空间与天空大地融为一体，没有给人圈羊的感觉，视野简直开阔极了。我迅速选择好角度，按下快门，把这座没有围墙的学校拍摄下来。

我久久欣赏着这座没有围墙的学校。晚风习习吹来，携带着绿草坪的清香，沁人心脾。斜阳从学校的屋顶静静滑落，将艳红的色彩涂抹在那古铜色的屋顶上，宛如童话中的世界，一切是那样恬静、安详、美好。我想在这所学校读书的孩子的心情，一定每天都和这洋溢着恬静气氛的学校一样轻松愉快吧！

这是我来巴黎第一天的印象，它验证了金星对欧洲文化的描述。金星对欧洲的文明是十分推崇的，它是一种沉积很久的艺术文明。金星年轻时从美国辗转到欧洲，便发现这块催化她舞蹈艺术的新大陆。从此，她预见到自己的将来，并把自己对艺术独特的感悟，与欧洲文化相对接、熔炼，然后在古老的中国土壤里培育出富有自己个性表现力的现代舞。

金星成功了！她的聪慧，与那些飘洋过海淘金的影视明星们是不同的。

这是金星思维怪异的地方。放着欧洲优厚的待遇和成就不享受,在自己风华正茂的时候毅然选择了回到中国,其用意何在? 金星的智慧是敏锐的。她知道作为一个艺术家,一旦离开自己生存的土壤,艺术就会贫血,生命的活力就会慢慢枯竭。事实证明,金星最初的选择是完全正确的。我们可以看到,不少在上世纪 80 年代红极一时的明星们,一旦去了国外,一晃十几年光阴岁月,究竟得到了什么?

等他们认识到艺术贫血的时候,再回到自己的家园,他们的美好年华已不再。最珍贵的艺术年龄过去了,虽然在物质上得到了补偿,但艺术的灵魂却衰老了,这是以艺术为生的人最大的遗憾和悲哀。相比之下,金星的舞蹈艺术却充满年轻的活力。这时候,她已经能够带领自己的队伍和舞蹈艺术打入国际市场,这就是金星的智慧。

预言和梦想,使金星能够过早地看到自己的将来。早在上世纪 80 年代,金星第一次随中国艺术家代表团到欧洲访问时,她就预言自己将来要到欧洲发展,最后梦想实现了! 在广州现代舞蹈班学习的时候,她预言自己是中国第一个拿到全额奖学金去美国学习现代舞的艺术家,梦想又实现了!

金星说:“不管观众是抱着哪种心态进场,只要他能进来坐下,一个半小时后他就会被我的舞蹈征服。”

这又是金星对自己舞蹈艺术的自信。

金星就是这样的神奇。我们要破译她创造的神奇并非易事,但这样的神奇现在还没有被更多的人发现,因为多数人是好奇,注重的是金星的变性。这些外在的东西,很容易被广泛传播开来。当我们不了解金星为什么会选择变性的时候,我们的认识只能是非常简单的。当然,在这里我不能多谈这些原因,那是金星自传里详尽叙述的事。而我现在要揭示的是覆盖在金星变性问题下的深层次的东西,这东西就是金星智慧逐渐成熟后的现代舞蹈艺术,就

像蚌壳里隐藏的珍珠。

我之所以要用一部书的篇幅来阐述它,是因为它的价值分量。如果说上帝给金星打了九分的分值,那么她的现代舞蹈艺术应该占有她九分分值的一半。这一半恰恰不为众多的人所知。我们对现代舞的了解太少,而且有许多人根本就没有看过金星的现代舞,也不知道什么是真正的现代舞。现代舞经过金星的打造,就不纯粹是一个舞蹈。它浓缩了人生灵魂的诗韵,是一个在扣击你心扉的精灵。它是一个迷人的故事,在向你娓娓叙述灵魂喋血的过程。

在这里,我不敢妄加评论其他的现代舞。但对金星的现代舞我可以下这样的定义:她所创造的现代舞肢体语言,是独一无二的。无论在表演的形式、内容和情节上,还是在音乐和灯光的选择运用上,金星把现代舞提升到了一个相当的高度!当你的视线攀升到这种高度时,你会在内心深处长久地产生迷恋的感觉。看金星的现代舞是会上瘾的。金星创造的这种高雅的舞蹈艺术,应该是现代舞发展中的一个里程碑。

但是,金星在自我宣传上是低调的。一些大型晚会要上她的节目,金星都婉言拒绝。她向我说过拒绝的原因,她的节目不能被剪辑,一旦剪辑上电视荧屏,就走样了。金星需要完整的、原汁原味的节目,否则,她宁肯放弃所有的机会。

金星就是这样奇异的人。她从不向任何勉强的事物妥协,她要的就是真实,百分之一百的真实。所以,我们要想了解一个真实的金星,不但需要时间,而且更需要真诚、耐心和等待。

火暴马赛

巴黎的冬夜，也带着浪漫的气息。四周的街景是宁静的。偶尔有汽车行驶过，打破这种透明的幽静。……

咖啡调和出的浪漫情调

巴黎的冬夜，也带着浪漫的气息。四周的街景是宁静的，偶尔有汽车行驶过，打破这种透明的幽静。巴黎是一个不夜城，当昏黄的路灯点缀在这座石头城里，便显得格外有生趣，那是一种带着古铜色的诗意。上了百年的城池，你在寂静的夜里去感受它，品出的味道是不一样的。

也许巴黎的浪漫处就在于此。你不亲自只身在这里，是感觉不出这样的味道的。我想，如果在深夜，一对恋人漫游在这无人的街巷，消磨浪漫的时光，那该是多么惬意的一件事。

的确，你只要在这古老的街道站上一会，就会感觉到一种奇妙的艺术灵气，从你的思想里莫名状地升腾起来。那些静默的石头墙壁，好像也是有语言的。它们肃穆地矗立在街道两旁，你会感觉到踩着它们古老影子时它们发出的叹息声。当你用目光触摸它们的时候，你便会读懂它们沉寂了几个世纪的沧桑。

我理解金星为什么主张从事艺术的人最好要来欧洲游历一圈。这座城池的内涵实在太丰富，光凭你对外在的感觉，就能够悟到点什么。有时艺术的沟通是不需要翻译的，它完全是一种你对现实生活的感觉。感觉到了，大彻大悟，终于明白一切事物的存在不是无缘无故的。当你感觉到它有灵性的时候，你的境界就又提升到了一个崭新的层次。

金星的现代舞蹈艺术是蕴涵着欧洲文化灵气的。她早年在欧洲生活了几年,对欧洲的人文思想进行了细致地琢磨,并在现代舞蹈艺术上取得了优异成绩。按常理,她是应该继续留在欧洲,过着优裕富足的生活。但金星的天分没有允许她过早地享受安逸,而是让她把欧洲文化经典带回中国来培育。中国大文化的背景,才是金星要精耕细作的厚重的艺术土壤。

趁着美好的夜色,我独自去周围的街道感受了一圈。回到房间刚入睡,金星又匆忙赶到酒店,把舞蹈团全部演职人员从床上叫起来开临时会议。会议内容主要是明天一早乘坐高速列车到马赛去,准备到法国的第一场演出。第一场演出很重要,成功与否,直接影响到演员的情绪和舞蹈团的声誉。

金星说马赛的第一场演出,法国电视一、二台都要现场拍摄,还有当地媒体,这对舞蹈团的形象在国外定位起着积极的推动作用。因而,第一场演出的分量是重中之重的,时间要准时,必须做好充分的思想准备。

金星讲话精练,问题点到为止,没有废话。最后她提醒大家:到了马赛要注意安全,一个人不要随便上街,据说马赛的治安状况不是很好,小偷多;还有马赛的东西很贵,看看就行了,从下个礼拜开始,巴黎每年一度的大减价拉开序幕,要购买东西回到巴黎再说。

金星对事务的安排细心而周到。她能够适应各种各样的场合。她说:“生命对于我来说,真像一个 show 一样,它为我安排了各种各样的场景,我只是随着场景的变换体会着我的角色。”

这个角色的变化,延续到她生命的每一个过程,然后渗透她的细胞、灵魂,使她的人生艺术生涯在演变过程中的所有细节,都是那么真切、动人心魄!

“我知道自己是什么。上帝创造了男人、女人,也创造了我这样的人。老天爷太忙了,他不可能把每一个人都照顾得好,这件事

就发生在我的身上。所以，上帝给了我一次机会：你再重新选择一次吧！我没觉得自己特别不幸，我苦闷过，但从没有怨恨过自己。我觉得没有什么好抱怨的。我经常跟我自己讲，我想做一个百分之百的女人，但是不可能，因为我不能像正常的女人那样生孩子，但也是女人！”

打开金星的人生轨迹，九岁便得到机遇之神的光临，把她带进梦想中的舞蹈艺术圣殿，进入沈阳军区前进歌舞团。十余年的舞蹈艺术磨砺，金星首创男子足尖舞，先后获首届“中国桃李杯”邀请赛特别优秀奖、第二届全国舞蹈比赛优秀演员奖。1988年她作为中国大陆第一位获得美国艺术研究全额奖学金的中国艺术家到美国深造。岁月几经风雨，金星随心所欲，四处漂流。辗转欧洲，沐浴古老艺术文化，为意大利电视台常驻编舞；独闯比利时，受聘于比利时皇家舞蹈学院，任现代舞教授。直至今天，完成自己的夙愿，在上海建立起中国第一家私人现代舞蹈团。

9岁时，金星加入沈阳军区前进歌舞团

“要做就做最好的。”这是金星做人做事的宗旨。如今，她又带着自己的舞蹈团和精心打造的现代舞精品，横跨万里，挑战有“艺术之都”之称的巴黎。金星在创造一个神话，一个令许多艺术家们不敢奢望的神话。她现在做到了，并迈出了坚实、智慧、勇敢的一步！

“只要人们能够理解现代舞，喜欢现代舞，即便有人说现代舞就是金星加变性人，fine！”

金星对现代舞艺术的钟爱，到了痴迷的程度。为了艺术，她不在乎别人对她的身体说什么。路是自己走出来的，嘴是长在别人身上的。要做最好的，就要不顾忌一切。要顾忌，就不要去做。生活就这么简单！剖析金星，就应该领会金星做人的哲学。

金星说：“我相信命运，但你不能等待命运。因为你的生命是迷糊的，你生命的路完全看你自己怎么走！你踩到命运的点子上，那个人生的虚无就走到你的眼前了。我现在做的全是我几十年前的梦想，全都是梦啊！小时候，我就羡慕当电影明星，觉得只有看的份。以前看话剧，也只有看的份，没有演的份。后来电影、话剧我都演了，并且有了自己的舞蹈团，办舞蹈晚会、做专场，我所梦想的事全都做成了！我从小幻想舞台，现在舞台成了我的家……”

金星是一个执著追求艺术的人。她把一个又一个梦想推向愿望中的舞台。现在，她踌躇满志，把舞台延伸到艺术人才济济的欧洲。鲜明独特的个性，决定了她的胆识。她书写的是大手笔、大智慧的人生，紧握住的是永不妥协的命运，一旦有梦想，就要让梦想成真！

在金星身上，有捕捉不完的新奇的人生哲理，而这些哲理又是在向你传达一种怪异的思想信息，使你在考虑人生命运的问题上，有所思、有所想、有所收获。金星的思想深度，决定了她艺术的深度。

金星说：“我们国家培训演员技能的水平是一流的，演员的演技也是出类拔萃的，为什么能打入国际舞台的真正有艺术价值的

好作品非常少？这就是因为我们的舞者不是把思想附着在肢体上说话，而更多的只是一种习惯的形式。”

金星把住思想的脉搏，把智慧的语言附着在肢体上，所以她的舞蹈就表现得非常另类，非常发人深省。在一次聊天中，金星对我说她很想排演一出真正的《梁山伯与祝英台》。金星说根据她的理解，其实祝英台本身可能是个男的，他与梁山伯之间的爱情产生于同性相恋，这是她确定的新的演绎角度。

当时我还感到奇怪，金星怎么会有这样怪怪的想法？现在想起来，一点也不奇怪。这就是金星的思维，反常规的思维。假如大家都说上帝的手里拿着的是一只苹果，也许金星会说那是一只仙桃。这样的概念只有金星想得出来。

夜晚，由于时差关系，我的睡眠不是多么好，天未见亮人就醒了。吃过早饭，舞蹈团经理老邵让我们剧务工作人员和全体女演员先行去火车站，男演员负责搬运大件行李随行李车后去车站。在舞蹈团出发前，金星再三强调舞蹈团所携带的辎重，均由男演员搬运。因为在法国，男人是为女人服务的。法国男人对女人是有求必应的。所以，金星要求男演员们要有法国男人的绅士风度，多做点剧务工作上的事。我们的演员是有素质的，一路上，男演员们的工作非常主动，舞蹈团所携带的辎重基本上都是他们搬运的。

巴黎有好几处火车站，我们是从巴黎里昂火车站出发去马赛的。巴黎火车站跟巴黎城一样，造型古香古色，十分讲究雕塑艺术。车站的外观具有教堂风格，细腻的雕刻花纹和生动的人物造型，使你感觉不到这是火车站，而是一座艺术馆。法国人很会把浪漫的思想装饰在城市的外观上，就连火车站这样无多少艺术色彩的地方，也建筑得如此靓丽、耐看。我突然发现这些平常的雕塑艺术在改变着我们的视觉，在无形之中影响着我们的行为。这是文化的品位。它虽然是静止的，但却在向你昭示着一种文明气息。

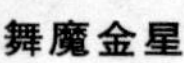

进了车站，我感到奇怪，巴黎的火车站竟然没有专门的候车室。整个车站是自由敞开的，剪票由机器自动完成。火车依次排列在你的眼前，你只管找你的车次，凭票上车。手续如此简洁，没有烦琐的各种检查。

先行人员到达车站后，搬运行李的男演员久等不到，直到火车临开前五分钟，才有人报知男演员们已经从另一个通道进了火车站，并已登上火车。我们这才拿出百米冲刺的速度，快速奔上火车。

坐定后，我看见舞蹈团邵经理额头上还在冒汗。我理解他的心情。如果舞蹈团一半的人上不了车，就要改乘其他车次，光改乘费用就够厉害的，而且两批人不同时间到马赛，对演员的集体练功和接待也会产生不少麻烦。还好，这次有惊无险，金星舞蹈团总是有好运气光临的。

好运气每每是有规律的，运气喜欢在一些奇异人物身上发生。

金星总觉得世上还有另外一种力量在无形地保佑着她。所以，每到难处，都能逢凶化吉。做变性手术，她的小腿出现医疗事故，差一点永远不能站在她心爱的舞台上。最后，奇迹出现，坏死的小腿死而复生。现在的金星虽然不能像以前那样跳飞起来，但她舒展柔美的舞姿，仍然不减当年的风韵！

金星相信自己的直觉。她说："我的第一感官是直觉。看一件事物或判断一个人，我只要接触一次，就知道个七八分。"这直觉是先天生成的，但也有后天实践的经验。直觉使金星能够果断地选择和出击，就像这次出征欧洲的行程。

列车启动了，由巴黎去马赛行程六百多公里，高速列车行驶三个小时就能抵达目的地。高速列车分两层，我们坐在上层。这是很现代的子弹头列车。车速快而平稳，车厢和座椅是银灰色的，每节车厢之间的玻璃门会在你出去后十秒钟自动关上。列车玻璃窗

配置的是减速玻璃，虽然列车每小时速度快达二百多公里，但仍然感觉不出列车的速度有多么快。

和法国人同乘一辆火车，你是感觉不出什么快乐气氛的。他们好像生就了一副严肃的面孔，安静是他们最需要的东西。坐在我们斜对面的是一对三十岁左右的夫妇，带着两个孩子，小的一个还在襁褓中。孩子的父亲刚离座去卫生间，不知何故，襁褓中的孩子突然哭个不停，任凭母亲怎样搂抱也不管用。

舞蹈团的老演员关秀华和化妆师杨鸣、歌唱家董明霞都是过来人，她们对法国婴儿非常好奇，轮流上前抱了一遍孩子，但还是不管用，孩子仍然啼哭不止。这时，孩子的父亲回来了，他望着我们自然地笑了笑，然后，从他夫人手里接过孩子，用手把孩子竖立着托抱在腹部，来回在车厢过道上走动。这办法真灵验，孩子立刻止住了哭声，不一会，便进入了甜蜜的梦乡。

我十分惊叹法国男人哄孩子的本领。听熟悉法国的人介绍，法国男人的耐心非常好，在带孩子方面，比女人更有本事。眼前的一幕使我想起了堪称模范丈夫的上海男人，如果和法国男人比起带孩子来，或许要逊色一点。法国是一个浪漫的国度，女人不太顾家，自然男人就显得优秀起来。模范丈夫不仅中国有，法国也不少。我们唏嘘感叹了一阵，才把目光从那孩子的酣睡样上收了回来。

列车驶出巴黎城，开始在郊外的原野上穿行。我凑在玻璃窗前，细细欣赏着异国田园风光。法国是生产小麦的农业大国，因而，我们所见到的田野，没有一片荒地，全部是一望无际的绿油油的麦苗。

田园分布非常有特色，虽然大部分是平原，但平原中总是起伏着一片片大圆弧状的坡地，加上一丛丛富有诗意的矮树套色点缀在其间，还有远山的陪衬，那绿得要逼青你眼睛的麦苗，像一幅巨大碧绿的毯子一样铺盖在肥沃的土地上。再看那一座座古朴的农

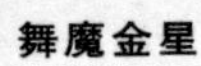

庄,湮没在绿树与麦田的环抱中。

农庄房屋的外表,大多是用石头或红砖砌成的,看不出有什么特别的东西。据说进了房屋里面,装饰是很美丽的。法国农民追求内部的实在,而外表的朴素正好与土地的颜色相融在一起。这里的田园风光的确是像画在画布上的风景,它能把你的视野延伸到很远的地方,引发出许多联想。

金星曾对我发出过她的感慨,说上天真是不公平,把这么肥沃的土地、干净的空气,全给欧洲人了。是的,金星的感慨是真实的。当你只身处于一片没有黄土裸露的地方,满眼尽是一望无际的田园风光、鲜美的空气、碧蓝的云天时,你会被周围的绿浪所涌动,激动着你的遐想。

金星说:“其实我在关于审美、服装和艺术方面的品位是在欧洲定的位,而不是在美国。我在意大利才真正感觉到人文的生存状态。意大利人的那种神态,他们穿西装的颜色,他们的生活环境,他们的家,都不像美国人那样不注重品位。美国是自由、色彩和开放,欧洲是文化、审美和自然。在欧洲,人们更讲究和注重审美。”

金星把不同国度的审美意识,定位得那样准确,这与她游历过许多国家是分不开的。不像普通的旅行者,周游世界一趟看的是热闹和稀奇,金星捕捉到的是人文景观实质方面的东西,并能很快触及到事物的灵魂,有许多新奇的发现,然后把它消化在思想理念中,形成自己独特的思维和智慧。

这就是金星艺术能达到一个新高度的原因之一。打开智慧之门的银钥匙往往在这第一感觉中,而顺利从上帝手里拿到那把开启人性智慧的金钥匙,则需要灵魂的飞跃、灵感的升华。

在这样面对窗外风光思索的时候,时间也就过得非常快。三个小时的车程,转眼的工夫就过去了。来到古典端庄的马赛城,我想起了有名的《马赛进行曲》。这是一座古老的城市,城市大部分建筑物就像上海的外滩一样。在这里,你寻找的不是现代化的都

市,而是城市骨子里显露出的典雅、古老和凝重。

我们下榻的是一家三星级酒店,酒店对面是环境幽雅的马赛港湾。港湾虽然不大,里面却停泊着上千艘私人小游艇,气势显得尤为壮观。

傍晚,我站在酒店七楼的阳台上,沐浴着亮闪闪的夕阳的余晖。晚霞装饰的天空像油彩泼在水晶画板上那样美丽。幽凉的晚风,像把光滑的梳子,把头发轻轻梳理着。几只海鸥,绕着港湾里帆船的桅杆,上下翻飞。岸边,流浪的手风琴艺人,把琴声拉得缠绵悠长。这异国情调的风景线,会让你内心产生几多感慨和遐想,又会让你一时失语,无法言表情绪的激动。不同文化的风情,填补着视野的空白,使我们领略到另一种新奇的氛围。我欣赏着港湾的风景,心情格外舒畅。

法国人很会享受浪漫。许多中老年人,静静坐在露天餐桌旁,慢慢品味着咖啡,与夕阳交换着无声的语言,消闲着这难得的纯美的时刻。

法国人喜欢喝咖啡,跟我们中国人喜爱品茶一样,是一种文化。因而,在法国各大城市的街沿,一些装饰得很浪漫的咖啡店,像典雅娴静的少女依偎在情侣的肩头一样,格外引人注目。

咖啡店装饰的颜色和咖啡的颜色基本上是相近的,深褐色的墙面,配上茶色的玻璃窗,它们镶嵌在古老建筑物的街沿上,像一件十分精致的装饰品,是巴黎人咖啡文化时尚的一种标志。

不过,在巴黎咖啡店喝咖啡,是有等级区分的。喝咖啡分为两个区域:一个在咖啡店里面,一个是在咖啡店外面。每个咖啡店的外面,都有一个露天喝咖啡的场地,桌椅安排十分讲究,甚至有的店主会在每张桌子上铺上一层洁白的餐桌布,并配好吃点心的刀叉和喝洋酒的玻璃酒杯。相比较来说,在外面喝咖啡的价格要比在咖啡店里面喝咖啡的价格贵一些。我当时听导游的介绍,心里

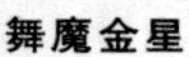

很纳闷,这在外面喝咖啡究竟贵在什么地方?后来,经过导游解释,我方才明白巴黎人喝咖啡的真实境界。

在咖啡店外面喝咖啡是一种展示,是一种浪漫。你如果留心的话,会发现坐在咖啡店外面喝咖啡的人穿着非常考究,服饰别致,衣着新颖,打扮格外时尚。他们悠闲地细品着咖啡,沐浴着明净的阳光,面含微笑,尽情享受着自然的生活。他们不但欣赏街景和路人,更希望在川流不息往来的人群前,展示自己的高雅风采。这是露天喝咖啡的好处,而这平静的好处,恰恰能把巴黎人优越的心理感觉衬托出来,尤其是品尝咖啡这样富有浪漫情调的文化,更符合巴黎人那种独特浪漫的心理。因而,坐在咖啡店外面喝咖啡便成了一种昂贵的时尚。

特别是那些贵夫人们,往往能把这种时尚装饰到极致。她们头戴雅致的礼帽,一身肃穆的礼服,一条精美的丝巾,还有随身佩戴的闪亮的项链和手链,每一处的打扮,都是经过精心策划的。连她们喝咖啡的姿势,也显得格外优雅。举手投足,向外放射出无限的魅力,有的人身边还会带着一条雪白的宠物狗,来调和她们的寂寞和孤独感。

当然,法国人喝咖啡不全是为了展示自己的形象,还有一部分人是利用喝咖啡的时间,交谈生意上的事。这一类喝咖啡的人,大多选择在咖啡店里面品尝咖啡,喝咖啡的时间不会很长,生意和工作方面的事谈完后,也就结束了。这种喝咖啡的形式,是巴黎人的快餐文化,跟中国人请客吃饭交谈生意是相似的。

咖啡店的营业时间会一直到深夜。巴黎人很讲究深夜喝咖啡的氛围:咖啡桌上点着几支矮小敦实的红蜡烛,周围的灯光会调得很柔和、暗淡,这样的氛围,非常适合朋友聚会和情侣们调情。

这时,人们不但品尝咖啡,有的还会要上一两瓶洋酒,边喝边聊天,这种喝咖啡的时尚是马拉松式的,是一种文化情绪的宣泄,是一种古色古香情感的绘画。喝咖啡能喝出情感的诗意,同样,喝

洋酒醉酒的滋味,也是柔情似水、风情万般的。巴黎人在咖啡上具有更多浪漫情调,这跟他们喜欢炫耀优越的心理是一致的。

在国内忙碌习惯了,现在一下子来到一个散漫的国度,总是让你感觉像到了另外一个星球一样。

傍晚,我和大关、杨鸣去外面吃晚饭,想找一家中国餐馆,转了半天没有见着。西餐实在不敢恭维,奶油加面包、果酱、奶酪,香肠吃生的,我们的胃口吃腻了,现在只想吃大盘的蔬菜和酸辣味的东西。

还好,我们终于找到一家餐馆,里面有一样物美价廉的小吃——卡巴拉。说白了就是我们维吾尔族人做的小吃馕包肉。把半张厚饼切开,里面夹上烤羊肉片、生菜、西红柿、薯条、奶油,做法简单,跟包包子差不多。一个卡巴拉四欧元,肉很多,实惠。卡巴拉比较适合我们的胃口,因为里面有特殊的烤羊肉的小茴香味。吃完一个卡巴拉,够饱了,如果你还要一罐可乐,再加三欧元,一顿简单的晚餐吃下来,得七十多元人民币。我们没有要可乐。在国内,一罐可乐不过二元多,在这里一下子翻了十几倍价钱,还是回酒店喝免费的自来水吧!

最后,两位女士还是忍受不住吃水果的欲望,每人花了四点五欧元,各买了三个甜橙和一根黄瓜。大关和杨鸣一边欣赏着手里的甜橙,一边说:“我们回国后可以炫耀一下了,在法国吃过十元钱一个的甜橙、十五元一根的黄瓜!”

夜晚,演员们到马赛图斯基剧场练功去了。几天旅途奔波,演员得恢复腿上的功力。金星还在巴黎接受电视台和报纸的采访,明天上午才能赶到马赛。演出公司地毯式的轰炸宣传,使金星一时间成了巴黎最耀眼的人物。

电视台不停播放她离奇的身世和她现代舞的片段,各大报纸在醒目的位置刊登了她的剧照和大幅报道。法国人在期待着,这位中国现代舞蹈艺术家,带着东方女人神秘的面纱,一旦撩开这层

神秘的面纱,将给他们带来一台什么味道的中西结合式的现代舞?

东方女性神秘的美,赋予金星灵动的质感。金星说:“女性的身份给我释放自己内心能量的可能性。女人的可塑性特别强,一个女人可以塑造出一百个女人的形象。作为男性我也能释放,但是不多、不够,男人只能塑造出几种形象。我做手术前,别人就跟我说:你做了手术,原来喜欢你的那些男人就不一定喜欢你了,真正的男人也不一定喜欢你,因为他们喜欢真正的女人嘛!我说我不在乎。就因为我刚才说的这个原因,除了四个小时的感情时间,更多的时间你是为自己,让你自己舒服。我想如果没有爱情的话,我自己生活,我是喜欢以男人的形象在社会上出现呢,还是女人?我选择女人!”

魅力生于思想,智慧产于认识。金星的魅力产生于她对人性独特的认识。她是智慧型的舞蹈艺术家,首先是她人格的魅力感

染了想要了解她的人。变性的话题，在国外很平常，外国人的眼光是要挖掘你的艺术才干。当你的艺术锋芒能挠到他们心灵的痒处，不论你是什么肤色，哪个国籍，他们都会为你而折服、欢呼！

马赛夜色的宁静，像深山里沉静的一泓泉水。我躺在床上，望着窗户外面的星空，那是一片半透明状态的星空，你的目光可以延伸到很高的星天深处。那牵动着你纯净情感的欲望，仿佛是一双情人的明眸，在深情地凝望着你。

一缕云丝无声地从窗前飘过，我似乎有一种飘起来的感觉。这时，我的心在等待，在等待明天晚上来到法国的第一次演出。

“精灵”惊现图斯基剧场

“我很欣赏外国的文化氛围，但那不永远属于我。中国的文化大背景太饱满了。我很骄傲，很自豪，到现在为止，我保持着中国护照。我没有换任何国家的护照。有人说，你这样多麻烦啊！我说，不麻烦，这证明你是一个有国家的人，你是一个有民族根基的人。护照是代表一个民族的尊严。我在欧洲，始终穿着中国的旗袍，我总是在通过各方面的努力，来传达中国文化的精华。”

金星是抱着一种传播民族文化精神的态度来到欧洲的，这是她作为一个艺术家的准则。我们无论走到哪里，保持自己民族本色的尊严是最为重要的。你是狮子，必须昂起头颅。

金星给自己艺术起点的核心位置确定得十分鲜明、准确！这不是唱高调，艺术虽然没有国界，但捍卫艺术的尊严是有着强烈的民族特色的。只有站在一个民族的高点上眺望，才能看得更远、更深刻！金星真实地把握住了这个法则。不像有的人，见

到外国的月亮，就忘记了自己民族的太阳。那样，即使拥有一切，也是别人的。

时间在我们思考问题的时候过得很快。马赛首场演出进入倒计时。下午四点钟，金星穿着一身黑色羊绒装，戴一顶黑色丝绒俄罗斯帽子，在一队电视台记者的簇拥下，来到图斯基剧场。

我是第一次见金星这身异国装束的打扮。她的这身着装典雅而庄重，特别是那顶俄罗斯小洋帽，戴在头上，增添了几分婀娜的风采，把金星衬托出一种别样的美来。

金星今天的气色很好，显得格外有精神。她匆匆走进化妆间，换上练功服，便开始化妆。四点半钟要彩排，所以化妆时间是很紧的。还好，化妆师杨鸣技术熟练、精到，能很快把化妆工作完成。金星挑化妆师是有眼光的，杨鸣是她特意从成都请来的化妆师，和她合作得非常和谐、愉快。

法国电视一、二台记者对金星紧追不舍，连化妆时间也不放过。他们用法语采访金星，金星也一样用流畅自如的法语回答记者的提问。记者问金星道："你在国内、国际是知名的人物，你是如何看待自己的国家的？"

金星从容地回答："你要想了解我的国家，你就去看看中国好啦；你想知道中国的老百姓，你看我金星现在的生活状况就是了。"简洁明了的回答，使记者发出会意的微笑。这是金星接受完记者采访后告诉我的。金星说："外国记者提问题是很随意的，所以，你回答问题也不必刻意去准备，最好像聊天一样随便。"

我非常欣赏金星回答记者问题时的姿态。神情自如，精神镇定，姿态优雅大方，态度谦和有度，给人一种容易沟通和信任的感觉。

我们虽然听不懂金星与记者们的直接对话，但是，她轻缓适中的语音和表情，是特别动人的，外国记者们不时绽露出满意的微笑。听金星的谈论，好像是一种奇妙的享受，我能够感受得出这样良好的对话氛围。

今晚演出地点是在马赛著名的图斯基剧院。剧院面积不大,能容纳五六百观众。剧场的装潢布局非常有艺术感:灰黑色的墙幕、红色座椅、二层楼台精致的小包厢,典雅而浪漫,给人的感觉是古色古香的。坐在里面看戏,就像坐在18世纪的欧洲剧院,艺术气氛十分浓厚。我想起小仲马在《茶花女》中描述的看戏场景,和现在的味道多少有相同的地方。欣赏舞台剧,是要营造一种氛围的。

四点半钟,彩排正式开始。演员们没有因为来到陌生的环境而有什么不适应。金星在几个主演的舞蹈中发挥尚佳,法国电视台几乎是在对她一个人进行集中录制。他们不放过金星肢体语言的每一个细节。金星从容面对镜头,没有一丝疏漏。两个小时节目彩排下来,过程出奇顺利。

法国电视台工作人员工作起来精神非常专注,且待人彬彬有礼。即使你从来不认识他们,他们也会先与你主动打声招呼。我们从记者的表情上看得出,他们对舞蹈团的表演很满意,有的记者还情不自禁地向我们竖起大拇指。

彩排期间,有驻法国的中国记者也来到图斯基剧场采访金星。我跟他们交谈过,他们对金星现代舞艺术了解太少。不过,这些记者是从巴黎驱车六百多公里赶到马赛的,这也算得上给了金星舞蹈团很大的关注。

在外国剧院演出,可以说演员们是被奉作上宾的。专门负责接待舞蹈团的工作人员对演员们的服务十分周到。送茶果点心到你面前,甚至小到一个电熨斗的问题,工作人员都要反复调整到位。这是外国人对艺术家的态度,是那样虔敬、有礼。为此,金星对演员们反复强调:“千万不要因为外国人把我们捧得太高而忘记了尊重别人。我们要自重啊!要尊重别人的服务,我们要把简单的法语‘你好’说到位,让外国人知道金星舞蹈团,同样是来自礼仪之邦的。”

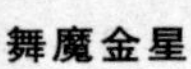

金星非常讲究做人的文明、艺术的文明。她对演员说这些话的时候,是带着真实的感情的,不是在做表面上的文章。我想,这些生活细节上的处理,同样会反映到金星对舞蹈艺术的处理上。这就使我感受到金星编导的现代舞为什么那样耐看、耐品味。金星在她的舞蹈艺术中,同样有一个标准。

金星把自己定位得很准确。她说:“生活给予了我那么大的解脱和自由,现在我还给人们评说的自由!”

这就是金星的豁达!她能正视眼前的世界,正视命运的颠簸。她把一切看作是生活的自由,勇敢地接受命运发出的挑战!

图斯基剧场经理是一个热爱艺术的人。他很好客,为舞蹈团准备了可口的晚餐。在这里进晚餐是一种享受:主人安排服务员把每一份饭菜送到你的面前,他们面带微笑,举止大方文雅,眼睛始终洋溢着亲和的光亮。在这样的气氛中吃饭,任何烦恼忧愁都会忘记的。

从一餐晚饭,我们领略到马赛人的热情,感受到马赛人在处理生活细节上所营造的温暖氛围,这同样显示出一种文明。

金星曾经对我说,她在国外漂泊这么多年,最终的艺术落脚点选择了两个地方:一个是自己的根,中国;一个是最有文化涵养的地方,欧洲。

中国博大精深的文化与欧洲丰富的艺术品位融合在一起,这就是金星酿造自己现代舞的核心。金星像一个精巧的园丁,把两种风格的民族文化嫁接在一起,在现代舞艺术花园里,培育出带有金星魔力的奇葩!

晚上九点整,马赛首场演出开始。演出前半个小时,我特意掀开幕布一角观看剧场的情况。这时,观众席基本上已经座无虚席。从年轻人到中老年人,观众的年龄层次分布得非常均匀。他们有秩序地坐在位子上,不时与同伴小声交谈着。据说,来看戏的有一大半人不知道金星是一个变性的舞蹈家,欣赏艺术才是他们的

主要目的。

剧院的预备铃只响一次。节目音乐程序全部是输进电脑的。九点整，序曲开始奏响，观众席灯光渐渐暗淡下来。

金星这次带到欧洲巡演的现代舞剧目名为《上海探戈》，由十个节目组成，主场前加了一个五分钟左右的序幕。序幕色彩是灰暗的。全体演员穿着日常生活装上场，静立在剧场一角。身穿黑裙子的金星在舞台中央作原地缓慢旋转，她的四周散落着一圈白衣裙。这些白色的衣裙，仿佛是金星回忆中飘落下的一片片梦，在向你述说着什么。

序曲响了一分多钟，站立在剧场一角的演员才开始移动脚步。他们面无表情，依次走到金星身边，拾起地上的白裙袍，然后缓慢地走下场。这就是现代舞的感觉。演员的眼睛不会与你产生交流，你只能从他的神态和行动的肢体中找到你能够觉悟到的东西，让你在宁静中感受到一种回忆的力量，这种回忆是黑色的、凝重的，是有着长焦距时空景深的。

序曲完毕，灯光渐渐熄灭，舞台进入短暂的二十秒钟黑暗时间。

黑暗中，第一个节目《脚步》的音乐响起，昏暗的灯光又渐渐亮了起来。

《脚步》是我比较喜欢的节目之一。怪异、富有节奏感的音乐，演员们身穿宽松的白色裙袍，像幽灵般出没在舞台上。轻灵的舞姿，舒缓流畅，随着流水般的音乐，旋转、跳跃、穿插，好像是午夜的流云在月光下飘荡。那如诗如梦的场景，幽灵样变幻的舞姿，让你感受到那是一股流动着的绝妙天音——时而如潺潺清泉流泻于青石间；时而如激情的山风，穿越过万山丛林。金星用现代舞的内容，糅合进了芭蕾舞的肢体语言；用西化经典的音乐糅合进东方舞蹈的柔美和奔放。

金星在编导《脚步》时究竟要表现什么，我们是很难揣摩准确的。轻灵、激越的脚步，几乎没有半点迟疑，脚步始终在跳跃的音

乐声中快速流动。这是生活的脚步、梦幻的脚步、浪漫的脚步、激情的脚步……“脚步”在人的一生中包括的内容实在太多了。金星运用诗一样优美、素丽的肢体语言，把它含蓄地表达出来。这样，《脚步》品味起来就非常有韵味了。

《脚步》鬼魅而清新。现代感的节奏随着畅美的音乐变化着，它似乎不想让你的思维停顿下来，它盗走了你的灵魂，步步紧逼着你的感觉。你好像被抛在天外，在一个不可知的世界里游离、寻觅。

观众的目光被《脚步》深深吸引住了，整个观众席没有一丝嘈杂的声音，偶尔传出一声轻微的咳嗽，都会显得格外响。

我观看《脚步》已经有四五次了，但对在图斯基剧场的这次演出，我的心情还是不一样的，感觉到的是另外一种独特的效果，这是从观众席延伸到舞台乃至整个剧院的空间生成的典雅、幽情、畅美的氛围。我们的视线始终被舞台上现代舞肢体语言吸引着，不由自主激动起来，全部身心都融入到金星现代舞艺术情境中去了。

情感激越的《脚步》一结束，稍有半秒钟的停滞，台下雷鸣般的掌声便疯狂地爆发出来。我和金星舞蹈团一样，沉浸在异国他乡的掌声中。金星用中西合璧式的现代舞征服了马赛，用艺术传达了人们想要欣赏到的东西，这是金星艺术的绝活。

金星对世界的感受往往是独特的。小时候，在夜晚经过没有灯光的地方，她会停下来，往黑暗处观察一会。她想着黑暗的地方有一双眼睛在看着她，似乎要把一种未知世界的神秘传达给她。

金星说：“一到晚上我就觉得特别好，晚上天黑黑的，好像什么事情都可能发生。夜晚给许多东西一种保护色，那时我不知道这个词，现在我知道了，是感性。我觉得每天晚上都感性，我看到的每个人都不一样。”

这是金星的感觉，也许就是这样的感觉延续到她的舞蹈《脚步》中来，才形成现在这样独特的效果。感觉生成于丰富的想像，生成于飘逸的情感。《脚步》在灯光运用上也非常简洁生动。它采

用了黑白两种对比颜色,这就更加深了意境的幽谧。当白光穿透演员的白色裙袍时,周围慢慢黯淡下去的黑色,使白裙袍呈半透明状,幽灵的颜色自然生成了,舞台视觉效果强烈逼人。这样由简单色调调和出富有诗歌意境的色彩,令人惊叹!金星的想像往往是出人意料之外的简洁,但让你咀嚼起来,却是那么意味深长。这就是我们想要了解的金星,一个思维怪异、情感直白、智慧超人的金星!

这时,我感受到了马赛人掌声中的另外一层声音:这就好比久居沙漠的人,突然有一天品尝到来自热带雨林果汁的香甜。金星现代舞蹈艺术的新奇,征服了他们的心灵。在他们还没有完全从剧情中清醒过来时,舞蹈已经到了尾声。金星留白的诗意的空间,是让人们去回味的。不过,你会在回味中渐渐上瘾,你还希望努力回到剧情中来。于是,你便有了想再看一次的愿望!

我徜徉在快乐的掌声中,眼睛有点湿润,作为一个中国人的自豪感油然而生!而更深刻一点地说,这是金星舞蹈艺术创造的一种富有中国艺术特色的自豪!现场亲自感受这样热情的氛围与看报纸电视的感觉是截然不同的。我们享受到的是理解和共鸣,这是由不同肤色的人发出的精神欢乐,是直接撞击到你的耳膜和心脏的,这样的欢乐更具有艺术震撼力!

可以毫不夸张地说,当晚的每一个节目演完,掌声都是这样强烈、持久!两个小时演出结束后,观众热情达到了高潮,掌声、欢呼声如潮水般涌向舞台。演员们一次又一次谢幕,仍然满足不了观众的要求。最后金星穿着一身中国旗袍走上前台谢幕,全场观众站起来,疯狂的欢呼声达到高潮的极点。袅娜的身姿,带有磁性魅力的走路姿态,纤柔的双臂向观众们自由地伸张开,金星优雅的举止和神态所展示的迷人风采,令观众为之倾倒!

金星反复谢幕,以满足观众的愿望。看到这种场面,你会感到马赛人对艺术家的崇敬,那种毫无掩饰地倾泻出来的激情。马赛剧院工作人员告诉我们,他们已经很久没有看见马赛剧院坐满了

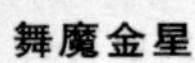

观众、爆发出这样强烈的掌声。这是金星舞蹈艺术的魅力和魔力!

夜晚,回到下榻酒店,我的心情仍然久久不能平静。我站在阳台上,静静望着马赛港湾。街上几乎已经没有什么行人,时间好像也睡着了,展现在我眼前的是一个静得让人感到奇怪的空港。清凉的微风,停泊在静止的桅杆上。我恍惚感觉到与港湾相接的海口处,有一艘红帆正悄悄向马赛港泊了进来。我不知道此刻为什么会产生这样的感受,这艘红帆是否有着什么象征的寓意?

总之,纷繁的思绪,不断侵入我的脑海。我想着刚才还处在兴奋状态的马赛剧院,是不是现在正把一个个由金星舞蹈羽化的梦,分解给那些回家的观众。或许,他们也和我一样,也要度过这样一个不眠之夜吧。

烛光里的晚餐

“我预料到了高处不胜寒的道理,因为我是金星。金星是最亮的一颗星,周边是没有其他星星的,你是最孤独的。孤独不是件坏事情。这在于你怎么把孤独变成一种质感,变成你的朋友,和它能对话,这是一个人在不断成熟的过程。痛苦和幸福是一家人。”

每当金星在自己的艺术抵达一个高度时,她就让高处不胜寒的道理来警醒自己。在适当的时候,把自己孤独起来,锤炼思维的冷静,让一种心灵的博大漫游向无边的宇宙,在那里获得真知的再生!

马赛首场演出获得成功,金星显得异常兴奋。清晨,她徒步登上马赛港湾对面高地上的一座大教堂,欣赏马赛城全景。从我们居住的酒店出发,到高地上的教堂,有近一公里多的坡路。大多数演员选择乘游览车上马赛高地,而金星选择步行。金星说她走这

样一段路，不觉得累，一路观看风景，比坐车更有味道。这是金星的个性，她所选择的是征服行动，不是坐享其成。

金星这样坚毅的性格，跟她所经历过的生活是有关系的。她在小时候，忍耐性就很强，别人欺负她，她从来不反抗。直到长大成人，这种忍耐性还是依然如故。

当年在广州学习现代舞的时候，有一帮同年级学员，因为嫉妒金星舞蹈跳得太出色，结伙把金星殴打了一顿。金星当时没有还手，也没有躲避。她忍受着嫉妒的恶拳，心里始终有一个信念：正义终归会把名声还给她的。金星相信因果报应，正因为金星的忍耐和她出类拔萃的舞蹈天才，广州现代舞学校惟一一个去美国进

初上舞台的金星

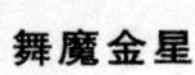

修的名额,终于落在了她的身上。就是这样一连串的因果关系,使金星历经万般艰难,走到了今天辉煌的境地。

自然界中的金星,总是出现在黎明时分,它饱经了黑暗的煎熬,但是它最先迎来光明。现实生活中的金星,同样历尽了人生的磨难,而她也赢得了属于自己的非凡荣誉。

金星说,站立在马赛最高处,欣赏马赛城全景,是一种文化享受。金星非常重视文化品位。在国外漂泊了许多年,最后,她之所以把在国外的艺术基地选择在欧洲,是有她的道理的。不过,最终她还是趁自己最年轻的时候回来了。她离不开养育自己的地方,无论走到哪里,都不能忘记自己的根。金星一直把中国古老文化的博大精深引以为豪,她懂得用非凡的智慧,去嫁接世界上最优秀的文化艺术。这种艺术是不分国界的。所以,在欣赏马赛风光的同时,也融入了她对舞蹈艺术的思考。

的确,站在马赛的高地上,仰望碧蓝的天空,明晃晃的阳光亮得刺人眼睛,但光线不辣人,是那种带着无限暖意的亮。这种能穿透灵魂的亮光,涂抹在古老的教堂尖顶上,把你的感觉定格在古诗意的氛围中。

我们伫立在这样的背景下,观赏马赛的全景,心情是另一种味道。站在这里,你体会不出任何现代的感觉,展现在你面前的是那远远的碧蓝海水,围拢着像处于18世纪的马赛城。面对这片陌生的城市,我茫然了。这好像是从西方油画里脱胎出来的城堡,我只能感受出它的一种优雅的静默,好像上天在建造这座城市的时候,把城堡的每一处都打磨出古铜色的亮光来,让你感受到岁月沉积的力量。

带着余兴走下高地,趁上午空闲,我和几位演员一同走进马赛闹市区游览。虽然是闹市区,街上的人流还是比较稀少。在一片小广场休闲区域,可以看见一两个孤独的老人坐在椅子上,望着街上的行人,晒着温热的阳光,若有所思地想着什么。几只鸽子零散

在周围,在地面寻觅着食物。

很奇怪,我没有见到夫妇结伴的老人坐在一起。他们多是形影相吊,孤独感显得非常特别,而这种孤独恰恰是和这座肃穆的城市相吻合的。不像在中国,老人们大部分喜欢结伴漫步,老来相伴的味道非常浓厚,富有东方人情的淳朴。

在这里,老人的孤独是自然的、明亮的。他们似乎乐意孤独,是很典型的以自我为中心的性格。他们的面孔和神态,跟欧式的古老建筑物一样,目光疑惑而深邃,不带任何表情,漠然地望着街上的行人。

金星说欧洲孤独的老人坐在那里像一尊雕塑,他们的孤独是很特别的孤独。这个比喻非常准确。你只有亲眼见到这样的情景,才会真正理解孤独附着在这些老人身上的含义。

在国外,动物被关爱的程度有时比人更重。他们认为,孩子是国家的,长大了就离家而去了;而动物是自己的,它会一直忠诚地陪你到老。东西方两种不同文化经比较,西方家庭亲情的淡薄与东方家庭亲情的温馨,是两种截然不同的概念。

我还是喜欢家庭的氛围,一家人有说有笑聚在一起,吃着大锅饭菜,居住在同一层楼面,有什么病痛、情绪,总有亲人嘘寒问暖。金星也是这样想的。她收养了三个孩子,如果拿孩子与事业比较,她首先会选择孩子。每当提起大儿子嘟嘟,她幸福的神情都会溢于言表。

金星说:“每次我把儿子抱在怀里,都感到浑身发软。这是我第一次心甘情愿地对另外一个生命做出让步。如果将来有一天儿子问我:‘你会为我出卖自己吗?’我会回答:‘我所做的一切都是为了你!’”

正想着,有一位法国妇女牵着一条高大的长毛猎犬走了过来。猎犬长得很有特色,浑身棕黑色,头顶上的毛发流泻下来,把它的眼睛都遮住了。妇女站在我身旁等着过马路。长毛狗忠实地蹲在

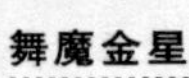

她的身边，个头与妇女的腰一样高。这样大个头的狗能在街上随意溜达，引起了我的兴趣，我想与妇女和狗合一张影。

与我同行的摄影师洪南丽对我说，与法国人合影，要先征得她的同意。于是，我上前做手势，向狗主人表示我的意思。这位妇女笑着点头同意了我的要求。我站在马赛城街口，与这位妇女和那条独特的狗合了一张影。妇女很高兴，临走时还主动与我们打了个招呼。

法国香水是举世闻名的。我们沿街散步，一家装潢漂亮的香水店吸引了我们。走进香水店，我想起金星在自传里描述她第一次进香水店的感受。当时金星随中国艺术团去欧洲访问，飞机中途加油，到加沙停下来。金星乘休息时间进了一家商店，在香水柜台前停住了脚步。她第一次看到这样多的香水，各色各样的，金星的心为此激动着，她想着外国人晚上喷的东西比我们中国人喝的东西还要丰富！这时，她惟独能做的是，在香水柜台前留了一张影。金星要回去告诉她的同学，自己在这么多香水前站过。香水的魅力透出金星特有的女性心理，难怪她说自己有时细腻的心理状态比女人还要女人。

的确，走进那琳琅满目的香水店，会使你目不暇接。香水的颜色与不同样式、色彩的瓶子交相辉映，在装饰华丽的柜台和柔和的灯光中，显得灿烂夺目。连年过半百的摄影师洪南丽也激动不已，要求与两位富态的法国女店员合影留念。

两位法国妇女得知我们是中国人，来自上海，显得格外热情。上海被誉为东方的巴黎，在法国人眼里知名度是很高的。两个法国女店员不但与我们合影，临别时，还给我们每个人赠送了一份纪念品。马赛人的热情跟她们淳朴的城市一样，给人留下几多难忘的印象。

夜幕从马赛港湾上空轻轻披垂下来。几只海鸥鸣叫着远远离去，消失在夜色深处。这时，环绕着港湾的路灯次第亮了起来，灯光

长长的倒影，辉映在深蓝色的海水里，把马赛港湾装扮得绚丽多彩。

第二场演出，剧场的观众仍然是坐得满满的。我静静地坐在台下，感受这宁静古典的西方看戏氛围。的确，坐在这样的氛围里欣赏金星的现代舞，会被一种莫名的气氛所感染，你的心情此刻会澄静得像深山里没有人触摸过的泉水一样，你仿佛在聆听一种来自天外的声音，在与出窍的灵魂交流。金星现代舞的灵气、魔气、仙气、霸气与法国人看戏的典雅、古朴、庄重交融在一起，看这样的演出，就别有一番滋味在心头了。

《舞02》就是这样别有一番滋味在心头的现代舞。昏黄的灯光下，一对即将入睡的情侣，在演绎他们情感的心迹。我每一次观看《舞02》，内心都会泛起无数波澜。那如泣如诉、缠绵万般的音乐，富有人情味的舞蹈动作，把情侣间不和谐的原始生活状态一一展示出来。通过变幻的肢体语言，每一个动作都在向你展示一种寓意。这种寓意对你是一种暗示，我们直观地就能感受到。只是金星把这样的暗示语言编排得非常优美、传神，她是在努力演绎人生内在的心灵轨迹，而这样的轨迹是多方位的，你可以结合自己的情感生活，去理解舞蹈细节。

舞台的灯光始终是朦胧的。那是一种幽幽的宁静，充满油画质感的宁静。然而，两个人的内心世界却是波动着的，在不停地打破这种令人沉睡的宁静。夜的缠绵是性感的，金星把这种性感的缠绵编织得格外柔媚、含蓄。它很容易勾起我们对情感生活的回忆，在回忆中与舞台的表演对话，随着舞蹈的节拍，走进生活的真实里去。

这是一出富有动态语言的舞蹈。演员的每一个动作都在传达着一种复杂的情感。我们可以看见无声的情节在肢体语言表达中徐徐流动，时而分割，时而相融，时而顾盼，时而流连。观看者似有难以名状的感触，情绪始终在参与，以致整个剧目结束后还沉浸在情节的演绎中。

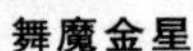

金星说:“两性之间的男欢女爱,除了几种交媾的方式外,最丰富也最令人心动的是它之外的那些东西。但意识到这种东西的人不多,大部分人都在完成公式。如果有人能领悟和感受到这种东西,并能享用它,我觉得这个人没有白活!”

金星舞蹈的魅力,正是产生于这种外在的魔力,是情感灵魂中迸发出的火花,很容易让你的视线从多角度去认识、感悟她。她虽然采用的是外国音乐,但舞蹈核心内容却是地道中国式的,表现的情感是与人类心灵相通的。我们享受了这种情爱公式之外的快感、距离产生的美感——跟情欲在同一个画面完成。这种中西结合的舞蹈形式,表达了人类情感的共同点,征服了法国观众,赢得了他们发自心灵深处的掌声。

法国人的眼光是非常挑剔的,但金星的舞蹈却给他们带来了全新的享受。马赛第二场演出结束,金星和全体演员们连续谢了七八次幕,观众才善罢甘休。现场观众简直要疯了!此情此景,会让你产生出抑制不住的自豪感。这种自豪感贯穿于我们浑身的血液,加深了我们对金星舞蹈艺术的尊敬和热爱。马赛演出获得圆满成功,当我们从过厅走过,很多观众对我们的演员竖起了大拇指。他们在外候场,等待着金星签名留念。

当晚,剧院经理为表示敬意,特意请中国厨师为演员们准备了丰富的中国餐。虽然是中国餐,但吃法上还是西式的。一人一个盘子,分三次上菜。有红酒和洋酒佐餐,每人面前还摆放着一个椭圆形的玻璃座杯,杯子里有一根点燃的矮墩墩的红蜡烛。烛光轻微摇曳,辉映着人们交流的视线。

法国人讲究浪漫,这样的氛围让我们感到亲切。吃饭是一种高雅的享受,法国人把这一切做得很到位。一边用餐,一边用轻缓的语气交谈,时间就这样平静地在饭桌上流动着。剧院经理首先发表了热情洋溢的祝酒词,他说话幽默诙谐,说到最后,情不自禁地把酒杯举起来,提议为金星舞蹈团精彩的演出干杯!

金星谦逊地用地道的法语作了答谢。金星姿态优雅，一种特别细腻的女人气质，从她流利的口语中表露了出来。晚宴持续到深夜，演员们说笑着，与坐在对面的外国友人不时交换着友好的目光。一些外国朋友纷纷举杯向金星敬酒，金星成了他们敬仰的人物。

金星的姿态始终是谦逊的，没有任何架子，从舞台回到现实生活中来，她就是一个普通的人。金星的艺术灵气可以在这样普通的环境中捕捉到，那是平静中诞生出来的聪慧。

我在心里静静感受晚宴的气氛。来法国一趟实在不容易，每一个地点要仔细回味，才能品尝出异国风情。直到离开剧场，我的心里还是恋恋不舍的。因为这一别，不知何年何月才能再次光顾这典雅浪漫的图斯基剧场。不知为什么，望着视线中渐渐淡去的图斯基剧场，我的内心产生出淡淡的伤感。人生是一场梦，好像是命中注定这一生要来马赛走一趟。情感的流露不仅仅是对人而产生的，对物同样有说不清的千丝万缕的依恋。

马赛街道已经空无一人。在这 18 世纪的石头城里穿行，会有一种很古气的东西恍若哽咽在喉咙里。我望着车窗外的街景，很想一个人在宁静的深夜漫游于此。没有一个人来打断思绪，甚至连一辆夜行的汽车也没有。一切归于平静，你就是宇宙的中心，你呼喊吧，四处回答你的同样是你自己的声音。

我想起金星也曾有过这样的感觉。那是她早年漫游到意大利，经常深夜一个人在街头漫步。金星会在深夜漫游几个小时，她觉得那种宁静十分可爱、博大，孤独显得特别纯净、明亮。把所想的事全部释放进这种石头古城的氛围里，你终身要寻找的东西，仿佛在这里就会突然出现。金星的很多思想和感慨，是在那幽静的深夜生成的。

金星说："罗马深夜的那种宁静给我的艺术熏陶，超过了别人向我介绍什么事物。我一直比较喜欢古典艺术，古典艺术的根基

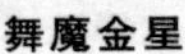

是有厚度的。我们从事任何艺术，都不能离开古典艺术土壤的培育。我在美国很兴奋，很刺激，但到了罗马以后，突然感觉要学的东西太多了。美国是一种外在的夸张，外在的炫耀，但罗马会告诉你什么是艺术、什么是品位、什么是古典、什么是人的气质。所以，我明白了，为什么欧洲人看不起美国人、为什么欧洲人推行意大利的品牌和时装、为什么全世界的服装是意大利的最好，这都是有道理的。这不是任何人告诉我的，是我每天晚上走在罗马的大街上，这座城市告诉我的。”

这是金星真实的感觉。的确，若没有亲自来到这异地他乡，你是不会有这样奇怪的感觉的。从罗马沉淀的夜色到现在马赛夜晚的沉静，欧洲艺术氛围是装点在他们的城郭上的。在这里你无须刻意去寻找，包围着你的世界都是那样典雅，即使在街头遇见的流浪艺人也是那样艺术。

一个城市的面孔，似乎和这座城市里居住的人的面孔是十分相似的。欧洲人深邃的眼睛、高高的鼻梁和眉骨、肃穆的表情，和这座石头城的古气、庄严、典雅特别相近。一方水土孕育一方人，说明了这样的道理。我凝视着玻璃窗外的街景，在内心不断生发着怀古的幽情，我想从中感悟出什么道理，但却始终没有结果。

这是一种诗意，只能慢慢地在心里意会、感觉，这块诞生了欧洲经典艺术文化的土地，这里面蕴藏的文化底蕴，不是个人的，而是属于整个人类的。

回到酒店，入睡非常困难。思绪太多。兴奋、激动、幽思，塞满了我整个心房。

夜晚静得出奇，仿佛窗外游云缓缓游动的脚步声都能隐约听见。夜空轻薄而透明，遥远的天空，宇宙在无声地向我们释放着神秘的元素和生命的预言。此刻，我仿佛听到一种奇妙的天音，但无法解释它的寓意，只有静静地思考、感受，把宇宙的浩瀚与博大融会在思想企望达到的想像边缘。

在国内，每晚我都要做梦，梦境是稀奇古怪的。而在这里，竟然没有一个梦境光顾，睡乡是一片空白。也许，现在的生活没有那么多庞杂的事务纠缠着，我们来到一个浪漫悠闲的国度，连梦也学会了休息。

《红葡萄酒》醉意中的惜别

离开马赛这天早晨，天气特别晴朗。阳光像是从泉水里打捞出来的一样，玻璃镜面般的天空，反射出阳光的热情，几朵白云，像绽放的硕大的白棉花，把沉睡在冬日的马赛城提早在春天唤醒。

马赛两场演出圆满结束。今天是我们离开马赛的日子。上午，金星穿着一件黑色的披风，戴着一副宽边墨镜，披散着长发，安静地坐在酒店门口的椅子上。这时，阳光好像也找准了角度，不吝啬一丝一毫的光线，满照在金星身上。我感到戴着墨镜的金星很有特点，有一种冷艳的美。

这种肃静的美，包含着独特的锋芒，锋芒并不是从某一处闪射出来的，而是从她的全身透射出一种威慑灵魂的美感来。我拿出相机，迅速按下快门，留下金星这张冷峻的倩影。然后站在金星身边，与金星合影了一张难得的马赛灿烂阳光下的相片。

金星的每次出现，总有与一般人不同之处。她能自然地把自己最精彩的一面显露出来。独特的个性和气质，培育出这名独特的舞蹈艺术家。这次出演的剧目中，有一个名叫《红葡萄酒》的舞蹈，这个舞蹈无论在形式上还是创意上，都非常能够体现金星的个性和独特的思维。这是一个先有舞蹈内容后有名称的现代舞创意。或许舞蹈的创意就来源于金星品尝一杯红葡萄酒时的感受。

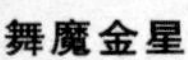

金星对舞蹈的创意不是刻意去雕琢,而是借助灵感捕捉生活最激动人心的瞬间,来构思富有表现力的作品。

《红葡萄酒》开始,是一个身着旗袍的少妇闷在房间里,独自走来走去。少妇没有任何表情,舞台连一丝伴奏的音乐也没有。这是一段寂寞的表演。刚看的时候,似乎有一种压抑感,压抑得你几乎喘不过气来。这种孤独的压抑,使你无法呼吸,你会不由自主地被主人公孤独的情绪渲染,和她一起在寂寞的房间里徘徊、等待。

这时,一群身穿鲜红裙子、裸露着上身的男演员,纷纷从舞台不同的侧面翻滚出来。这些象征着红葡萄酒的人,在渐渐孕育着红葡萄酒的激情,等激情调和到一定程度时,带有表现力的音乐慢慢响起,我们的压抑感瞬间被解放出来,红葡萄酒终于开启了瓶塞,浓郁的酒汁倒入透明的酒杯里,红葡萄酒的泡沫开始沸腾!

看到这里,我真是佩服金星的构思巧妙!她把握住了承受寂寞时间的极限。她要把你孤独的思绪从酒杯里赶出去,让你站立在西风口,面对火红的霞光,真真实实地醉一回。

音乐的节奏,加快了剧情的演绎。主演少妇的金星,时而淹没在这群穿红裙子的演员中,时而又百般无聊地探出身体,将自己的高跟鞋脱去,用双手拿着鞋,在地面摆弄、玩耍,然后疯疯癫癫地提着鞋子在舞台中间来回游荡。

这就是创意。一个被生活冷落的少妇,整日借着红葡萄酒消愁,这间被红葡萄酒气味淹没的房间,该有多少孤独寂寞的故事。然而,金星为我们展示的是一个充满诙谐、幽默的诗意空间。飘逸的节奏,轻灵的舞姿,鲜红的色彩,为我们活现了整日消磨在红葡萄酒里的少妇心灵深处的一面。她渴望像红葡萄酒一样充满活力的激情。她要倾诉,要呐喊,要醉出个生活的滋味来!人物的个性化释放,通过红葡萄酒来刻画,这生活的酒就醉得非常有意思、有特色、有寓意。

况且演绎这名身着旗袍少妇的人物是金星本人。她对人物活

灵活现的刻画,使整出剧有了活的灵魂。这杯由东方女性调和的"红葡萄酒",有着特别迷人的诱惑力。即使面对的是盛产红葡萄酒的故乡,也没有丝毫逊色感!

法国人特别能理解《红葡萄酒》的诗意。且不说他们是否真正看懂了舞蹈,只要听一听《红葡萄酒》表演结束后经久不息的掌声,我们就能感受到法国人被《红葡萄酒》酿造的独特酒味陶醉了。更何况法国是盛产红葡萄酒的故乡,人们对该剧的剧名便有一种亲切感。

满怀《红葡萄酒》的醉意离开马赛,总让人有点恋恋不舍。但是什么因素打动了我,内心一下子又道不出来。是马赛的阳光,还是马赛的人?是马赛宁静的港湾,还是马赛古朴肃穆的教堂?金星的《红葡萄酒》把我们的视线带进了马赛,我们感受到了一种真诚,一种由艺术生成的生活化的真诚。

至今,我仍在回味马赛第二场演出完后剧院特意请中国厨师为我们做的那顿温馨的中国式晚餐。富有异国情调的烛光,马赛人友善的笑容,这是一种用肢体语言沟通的深厚情意,我这一生都会记住这顿难忘的晚餐。

虽然在马赛只停留了短暂的两天时间,但我非常留恋这座古老美丽的城市。这并不是因为它著名,也并非它旖旎迷人的风光,它本身有一股人性化的氛围,如春风般细腻,向你的心房静静地围拢过来。酒店和剧院工作人员的微笑永远是亲切的,"您好!"是他们见到你时说的第一句话,也是他们必须要对你说的第一句话。这简单而普通的礼仪问候,已经成为他们的日常用语,并且是久说不厌的问候语。

为了试探法国服务人员的耐心,我和歌唱家董明霞夫妇进一家鞋店挑选皮鞋。鞋店工作人员不厌其烦地为我们介绍皮鞋的样式,我们反复试穿,一个小时过去了,没有买一双鞋,但工作人员还是微笑着把我们送出鞋店,并欢迎我们下次再来。

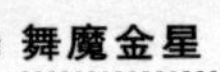

都说法国人温文尔雅，雅在什么地方？我觉得单从这样一个细微的礼仪举动，就能够感觉到“雅”的出处。金星对这样的礼仪是十分推崇的。她经常提醒演员，不要因为别人的周到服务就得意忘形，要学会尊重别人的服务，这样的服务不是别人欠你的。的确，我们的素质应该是在尊重里产生出来的。只有彼此尊重，才能延续人性化礼仪的生命。

高速列车载着我们驰出马赛城。我坐在车窗边，凝望着这座美丽的城市，内心不觉生出依依惜别之情。这是人生旅途中一个小小的驿站，虽然只有两天时间，但收获却是丰富的。要了解一个国度的人文素质，必须先从对文化的理解开始。金星把中国文化艺术带进马赛，用艺术博得了异国他乡人的尊敬，这种尊敬是高品位的，是在交流中自然生成的。文化内涵所具有的强劲吸引力，使我们看到人格迸发出的魅力！

金星正是这样一个具有魅力的艺术家。她带领的是自己的舞蹈团，生存全靠自己维持，不要国家一分钱。她自编、自导、自演，把一台高品位、高质量的现代舞，打造得炉火纯青，呈现在欧洲舞台上，这的确是一件不简单的事！

我非常敬佩金星展露的骨气。她在国外，态度是谦逊有礼的，待人接物，都表现出一个艺术家特有的气质。在外国人面前，她的腰板是挺直的。我特别欣赏她接受外国记者采访时所表现的姿态：自信、高雅、坚毅。她回答记者的问题，从来没有犹豫过，应答如流，妙语相对，她是以征服者的姿态出现在欧洲舞台上的。

金星对自己热爱的现代舞蹈艺术的执著，是没有任何妥协余地的。要做就做最好的，以自己独特的灵感点燃艺术火花，与活的灵魂对话，这就是金星营造的最具个性色彩的现代舞魔力！

回马赛途中，金星曾从头等车厢来到我身边的空位坐下。她遇到了一件不愉快的事。剧团的一个女演员，私自外出，差点误了乘车的时间。这名女演员跟了金星多年，身世较坎坷，婚姻生活不

顺,金星一直很照顾她。但金星对女演员私自外出的行为非常恼火,在异国他乡掉队是很危险的。金星严厉批评她,而女演员并没有马上认识到自己的错误,想用缓和的方法岔开金星的话题。金星当场发怒了,语言针针见血,当着我们大家的面,丝毫不给女演员留面子,最后下令回到巴黎就让她提前回国。

我是第一次见金星发怒。她不给你留任何情面。工作就是工作,做不好就走人。干脆、利落！这是金星的管理风格。要维护一支高素质的艺术队伍,管理手段同样是不容妥协的。

金星说:"在北京现代舞团工作的日子里,我发现接触的有些朋友是真实的朋友,而有些朋友是在利用你。我能感觉到这一点。但在我的意识当中,我永远都是把别人的优点放大。缺点是能改正的,只要你感化他。不过,我慢慢发现,自己这种对事物的认识,在现实生活中是不可能的。以前,我对人的看待上,是不分等次的。但是,我又错了。人还是要分社会阶级和等次的。可怜之人必有可恨之处,这是一句俗语,我看是有一定道理的。我相信,一个人过得好与不好,全在于他自己。客观、外观有一定原因,但这个原因是自己造成的。"

"可怜之人必有可恨之处。"这是金星通过这件事所下的定义。对于这个定义我不敢妄加评论,但它是有一定生活哲理的。这样的哲理从金星的思想里感悟出来,多少对我们是有所触动的。可怜有可怜的原因,无论前生的错或来世的怨,上天都不会有无缘无故的恨和无缘无故的爱。

风波平息了,车厢里恢复了宁静。两天的演出,演员们疲劳了,他们大部分人躺在自己的座位上睡着了。我平静地望着窗外的风景,矮树、远山、一望无际的绿色田园,这是一片安详的土地,像油画那样美,那样让你浮想联翩。马赛消失在我们心灵的视线里,而金星却在思考,在内心备战下一站——巴黎六场关键性的演出。

狂舞巴黎

从马赛热身演出回到巴黎，休整一天。十三日晚上八点半，开始在巴黎著名的卡西诺剧院的第一场演出。剧院……

“赌场”的红玫瑰

从马赛热身演出回到巴黎,休整一天。十三日晚上八点半,开始在巴黎著名的卡西诺剧院的第一场演出。剧院门口贴满了宣传金星的海报,海报上突出了舞者金星的舞蹈造型。那是金星跳《半梦》的剧照。一身红裙,像一朵火红的玫瑰,舞姿优美,姿态传神,这是一幅动感很强的舞蹈艺术造型。这幅剧照是随团摄影师洪南丽拍摄的。红色是中国味道的颜色。我想,金星选择这幅剧照作形象宣传,一是剧照质量的确不错,二是红色有着更深层次的含义。

果然,剧院为迎接金星的到来,特意把剧院的化妆间重新装修了一番,墙面也都粘贴上了大红丝绒壁毯。红色代表着吉祥,是中国祝福的颜色。化妆间由三间套房组成,最外一间是会客厅,中间是化妆室,最里面是卫生间和浴室。整个化妆室空间很大,坐在里面化妆非常舒适。化妆间备有果品、咖啡和矿泉水。金星说这就是法国人对艺术的尊重,这样大的化妆间所具备的条件,在国内可是少有的。我走进化妆间,心里马上有一种预感:巴黎六场演出如果不出意外的话,成功是可期的。

卡西诺剧院很大,与著名的巴黎歌剧院相隔不远,据说过去是一个很有名的赌场,后改装成剧院,又名赌场剧院。剧院有两层楼面,二楼的两侧有古典风格的小包厢,剧院的墙面用猩红色的丝绒

在巴黎卡西诺剧院门前合影　（摄影：洪南丽）

壁毯装饰，红色略显暗淡，但掩饰不住过去年代的富贵华丽。

赌场剧院在巴黎的知名度很高，国外很多知名艺术家都曾在这里演出，是一家有品位的大剧院。我感到“赌场”的含义实在妙，金星就是要用自己独特风格的现代舞，在赌场剧院好好赌一把！有了马赛两场成功的演出，金星对在巴黎连续演出六场是充满信心的。

巴黎人不像马赛人那样质朴，他们的面孔总是给人一种傲慢的感觉，大部分人好像天生就不会笑，犹如他们居住的古老的石头城一样。也许他们以拥有罗浮宫这样宏伟的艺术圣殿为骄傲的资本，这种骄傲是沉淀在骨子里的，其他国度的人要征服这样的骄傲，是很不容易的。

金星对巴黎人骄傲的面孔是有看法的。她觉得没有什么了不起，中国传统文化的博大精深不比巴黎文化逊色，甚至有些地方还

要超出他们一大截。但由于语言的隔阂，我们一些优秀文学名著翻译到这里，原味的精华就被改变了许多。这是无法弥补的损失。因而，金星要用肢体语言来展示中国文化的内涵，虽然这次带来的只有十个剧目，但每一个剧目都称得上是精品。它们的内容多少都会给欧洲人透露个信息：不要小看了中国现代文化艺术！

演出前一个小时，巴斯卡抱着一束鲜花，特意来到化妆间看望金星。巴斯卡一往情深地坐在金星身边，看着金星化妆。这个身高一米九的意大利男人，怀着崇敬的心情，期待着自己心爱的人巴黎首场演出成功。巴斯卡一直待到演出开场前半个小时才离开化妆间。离开时，他拥吻了金星，幸福的神情流露在他的脸上。

法国电视一、二台记者利用演出前半小时，对金星进行十五分钟采访。外国电视台对金星的采访是随意的。他们问金星："你在

金星接受法国电视台采访 （摄影：洪南丽）

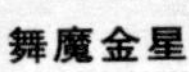

国外这样有名气，为什么不来法国发展你的舞蹈艺术呢？”金星说：“我是中国人，家和艺术的根都扎在中国，我干嘛要到别人的国家去发展？”记者继续问：“百年之后，你会怎样评价自己呢？”金星说：“我是一个普通人，想这么多干嘛？活着多累啊！”

金星就是金星，她的回答是随意的，但又非常精辟、有水准。采访结束后，一件令金星恼怒的事发生了。法国某演出公司看见金星演出这样火暴，便要在演出合同里加上一些不合理的附加条件，把演出合作期延长几年。

金星镇定而干脆地说，必须在演出前照原定的合同内容签约，不然，就不开场演出！金星话语果断，容不得半点让步。最后，这家演出公司妥协了，在演出前十分钟和金星签订了这次欧洲巡演的正式合同。原来，金星这次是冒险带自己的舞蹈团到巴黎的，在没有正式签约前，去欧洲所有费用得金星出。金星说：“我不怕，我是有思想准备的。即使这次没有签约演出，就算我自己出费用请大家到欧洲旅游一趟。”

金星的冒险行动不是盲目的，她是有心理准备的，她相信自己的艺术魅力，相信自己编导作品的含金量。她把自己的作品带到培植现代舞的故乡，除了勇气之外，更多的是对自己花了十年心血而成的这么一出中西合璧的现代舞的自信。

金星一再强调中国艺术土壤是她艺术的生命源泉。她非常热爱自己的家。她经常对我说自己收养的这三个孩子，十岁前一定要让他们在中国读书、成长，把母语学好，将来无论他们走到哪里都不能把自己的根忘掉。没有本色的根，生命也就失去了存在的价值。金星把对家园的依恋充分融入她的现代舞艺术中，《四喜》就是这样一个富有中国古老文化的现代舞。

《四喜》排在上半场第四个节目。四个身穿旗袍的女人，跪在舞台中央，表现中国过去年代妻妾成群的生活。舞台背景一片黑暗，只有前灯和顶灯，把四个女人呈现在明亮的生活里。“老爷”始

终没有出场，但通过四个女人不时顾盼左右的眼神，老爷的身影又无处不在。《四喜》每一个动作都编排得惟妙惟肖。妻妾之间的明争暗斗，她们与隐藏在幕后的老爷的关系，通过肢体语言的分解和眼神流盼的方位，一招一式，妙趣横生，浓缩了旧中国妻妾成群的无奈生活。

四个女人始终是跪着表演的，即使挪动位置，范围也很小。我想这是金星所要给我们展示的真正寓意：女人在旧中国的地位是卑微的，是被锁在圈子里的，所以她们要跪着表演，活动的范围要受到限制。这是《四喜》深刻的地方，如果不了解中国文化，就很难理解《四喜》所要表现的真实动机。

不管怎样，《四喜》的传统服装、生动的造型艺术、耐人寻味的音乐，使《四喜》的表演角度非常新颖独特。也许法国人看不出其中的深层含义，但《四喜》呈现在他们面前的东方古老艺术美感和动情的肢体语言艺术表达，深深地吸引住了法国观众的眼球。当演员表演到诙谐幽默的情节时，观众席间会发出会意的笑声。艺术与生活交流的目的达到了，金星要的就是这样的感觉。

金星说，她不需要你全方位地去感受她的作品，如果你能领会到某一点，并与你的感觉产生共鸣，欣赏的过程就非常好。她需要你注重她艺术创造的过程，而不是最终结果。

金星现代舞的内容是中国本土的，但都是有代表性的。其个性鲜明，内容饱满，每一个节目都是经过生活调味器调得很浓郁的一个故事。表演过程线条清晰，内容简洁明快，使你很快进入情节，这是金星现代舞的看点。

巴黎首场演出非常顺利。演出前五分钟，我特意到入场口观看场内情况，可以说是盛况空前——前巴黎市中国区（第十三区）区长雅克・杜鹏、中国驻法国大使赵进军、歌手尼科尔・科洛瓦兹、摄影家贝迪纳・兰斯、演员皮埃尔・理查德等许多法国演艺界知名人士和各国大使纷纷前来观看金星现代舞首场演出。

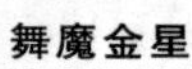

成群的电视台、报社记者拥堵在剧院入口处,采访并拍摄名流们入场的热闹情景。为此,演出时间向后推迟十五分钟。法国人看戏讲究一种氛围。他们穿戴整洁,尤其是女士,更着意在服饰尤其是帽子上下工夫。女士们的穿戴喜好素净颜色,装饰项链和手链都是经过精心挑选的。她们的走路姿态优雅,从她们身上仍然可以看到 18 世纪贵妇的影子。

看着络绎不绝的人流,我暗暗激动着。一个中国私人舞蹈团在巴黎有如此轰动效应,是我始料不及的。因为来到法国的这些日子,我观察到电视等媒体的新闻很少报道中国艺术家的情况,而金星舞蹈团来到巴黎,却在媒体间掀起了一股金星现代舞旋风。特别是巴黎首场演出结束时,如钱塘江潮般的欢呼声和掌声,强劲地震撼着我的心灵。

我的眼眶湿润了。我思考着这样一个问题:为什么金星在国内演出的轰动效应始终爆发不出来呢?我可以感受到金星在国内宣传的低调,她在媒体露面的次数是很少的。出征巴黎之前,也只是在上海大剧院和深圳各演了一场。很可惜,这样的现代舞精品不为国人所重视和了解。

法国人看电视的时间是很少的,他们认为那是在浪费时间。而进剧院看戏、看电影,他们是非常乐意的,认为这是在欣赏高档艺术,是提升品位的地方。在中国却恰好相反,进剧院看戏的人很少,坐在家里看电视却非常普遍。

我想,其因有二:一是心理审美文化意识的差异;二是中国人生活节奏太快,生存压力大,因而养成了坐在家里足不出户品味艺术的习惯。来到法国,我总感到法国人的生活过得十分悠闲,看不出他们有多少紧张的情绪,即使站在街头要饭的人,你也很难从他脸上找见生活的紧迫感。

艺术精品,需要一个认识过程,这个过程或许是漫长的。不过,不要紧,精品艺术同样是永恒的,是经得起时间考验的。这就

好比我们坐在赌场剧院观看金星表演《半梦》一样，一身红裙，像一朵火红的玫瑰，在中国的小提琴协奏曲《梁祝》中，演绎了一出让外国人如痴如醉的经典剧目。

中国现代舞的红玫瑰，在巴黎的冬天燃烧起一把火。首场演出后，剧院举行了酒会，招待金星舞蹈团和各界名流。我是第一次参加站着喝酒的酒会。每人一个高脚酒杯，专门有服务小姐为你倒上你需要的美酒。各色糕点随你取舍。酒会很随意，没有任何仪式，人们站着一边品酒一边交谈，气氛十分自然融洽。当金星出现在酒会上时，再次成为人们追逐的焦点。金星被包围在人流中，采访、签名、合影留念，法国观众爆发出的热情几乎要把金星融化在酒会里。

当然，最激动的要数金星的恋人巴斯卡，他热泪盈眶地与金星拥抱。巴斯卡说："亲爱的，现在整个巴黎都在注视着你，你是我们家的热点人物，我的骄傲！"的确，当晚演出，巴斯卡把父亲和兄弟姐妹动员到剧院观看自己心上人的表演。但巴斯卡的母亲没有来。巴斯卡的母亲眼光很挑剔，在没有确切证据证明未来的儿媳是否真正有高水准的舞蹈艺术前，她是不会真正在内心接纳金星的。

演出结束后，巴斯卡的父亲亲自来到后台化妆室，对金星表示祝贺。老巴斯卡激动地拥吻了未来的儿媳，这位颇有绅士风度的老人，被金星的舞蹈艺术征服了。金星曾对巴斯卡开玩笑说："你爸爸太有风度啦，我真想去爱你的老爸。"巴斯卡挥舞着拳头说："你敢！"

金星的内心从不隐藏什么。诗人于坚曾说金星是全中国心理最健康的一个人。这句话也许夸张了一点。但是，如果你与金星交往一段时间，就会觉得于坚说的这句话一点都不过分。金星有一个绰号叫"玻璃鱼"，朋友把金星比作是一个像玻璃一样透明的人。正因为金星直率、大胆、执著，她才有今天的辉煌。

如何评价金星在巴黎的首场演出,我已经无法用重复的文字来说明这一切。当我们第二天从巴黎各大电视台和报纸上看见对金星本人和她的现代舞接二连三的详尽报道和介绍时,就感受到巴黎的春天因金星的现代舞而提前来到了。

演绎繁漪

为了避免堵车延误排练时间,第二天去赌场剧院演出前,金星给舞蹈团每个人发放了十张地铁票。乘坐地铁从 IBIS 酒店到赌场剧院,只需要三十分钟左右的时间。下午四点开始练功,于是,上午我与杨鸣、大关、董明霞夫妇、洪南丽提前出发,目的是感受一下在巴黎乘坐地铁的滋味。

第一次进巴黎地铁站,原以为里面华丽无比,进去一看,像进了一间没有装修的毛坯房一样。这里的地铁有近百年的运行历史,是一个老古董。车厢很旧,行驶速度慢,晃动得厉害,且带着铁器撞击的响声。我在心里直叹息,巴黎地铁像一个老人,骨头关节都生了锈一般。我想起上海地铁的快捷、干净、漂亮、舒适。地铁与地铁之间相比较,我们显然更现代一些,巴黎更古老一些。

巴黎地铁有上下两层。穿插洞口多,进去很容易,出去就有点让人晕头转向。我们几个不懂法文,只有瞎蒙,顺着箭头指示的方向走,但走着走着又转回到原处。这有点像地道战的味道。我们暗自嘲笑自己,进了洋人的世界,钻地铁也得兜圈子。后来,我们遇上一个四十岁左右的中国人,他很热情地为我们当了一回向导,把我们引导到出口,并教给我们看指示出口的几个法文字母。他说,认识这几个字母,找出口就不难了。临别时,他得知我们是金

星舞蹈团的，激动地与我们握手，说："你们真了不起啊！把整个巴黎都轰动了！"

这就是艺术的力量！在国外，特别是在巴黎这个艺术之都，巴黎人对艺术的感觉始终是高傲的，眼光是挑剔的。能打动巴黎人，让巴黎人坐在他们的大剧院里为你喝彩，这的确是一个奇迹！金星创造了这个奇迹，她让我们在异国他乡的剧院里，听见了巴黎人为我们优秀剧目的叫好声。这是值得我们骄傲的一瞬间。随着时间的推移，这一瞬间又是那样持久，令人回味难忘……

剧场离巴黎购物大卖场"老佛爷"只有十分钟的步行路程。从地铁口出来，正好是"老佛爷"大街。离练功时间还有三个多小时，于是，我们又进了"老佛爷"商场，领略了一番巴黎人的购物狂潮。时值巴黎每年一度的大减价季节，大多数物品都有百分之五十左右的折扣。"老佛爷"有两座大型商场，一个是专门卖男装的，另一个是专门卖女装的。这里的男女界限分明，各有各的商场，在选衣购物上，男女机会是平等的。

商场的物品比起上海算不上多么丰富。物品摆设有些零乱，不像上海大商场里的物品摆设那样整洁、有层次。我仔细观察了一番，虽然大部分商品减价一半，但比起上海服饰，价格还是要高出一截。惟一特别的是，这里的服装款式好、花样多、时尚。董明霞的丈夫老邵，对巴黎衣服款式特别欣赏。他一边给妻子挑选衣服，一边说："这里衣服的款式在上海是很少见到的。老外做女装，腰身收得非常好，买的就是这种款式和味道。"经他这么一说，我也逐渐感觉出点新颖别致的味道了。

巴黎人对服装的设计是很讲究的。一件看起来不怎么显眼的衣服，一套在身上，样式立刻就显露了出来。尤其是袖子，总是要比衣服长出一截，我当时想，也许是老外腿长手长的缘故。不过，我看见董明霞试穿衣服，那袖子长得恰到好处，把人衬托得格外有精神。这长的奥秘原来如此。

巴黎服装引领着世界新潮流，确实有它的独到之处。这是巴黎服装设计师值得骄傲的地方。董明霞夫妇急着要购买皮衣，老邵说在巴黎买皮的东西比在上海划算，能买到正宗的名牌货。我们跟着他俩转了皮衣部。这里的皮衣果真很多，样式也不少，但价格不菲。一件名牌皮衣从一千欧元打对折下来，也得合人民币四五千元。皮鞋也是这样，一双名牌皮鞋打对折，八百多元人民币。

我不识皮货，但从直观上看，老外的皮鞋做工精致，里外全皮，据说有一部分皮鞋是从意大利进口过来的。金星曾对我们说过，这里的皮鞋值得一买，别的东西没有什么特别的。金星是这里的老顾客，知道行情。事实确实如此。国外服装样式新颖别致，面料跟上海的差不多。皮鞋做工精致，货真价实，耐穿，这也许跟老外块头高大有关。不然，要承受大块头的重量，鞋不做得结实点怎么能行？

女人逛商场，越逛越新鲜。买一件衣服总是左挑右选的，即使一件衣服不买，也要逛个彻底才心甘情愿！我跟着她们逛，不但腿累，心也累得慌。还好，有时间限制，两个多小时后，逛“老佛爷”的旅程终于结束，几位女士的游兴还在高潮中呢。

从“老佛爷”商场回到剧院，金星已经坐在化妆间等着我们。金星很随意地穿着练功服，一边练功，一边和我们聊天。金星说：“昨晚可把我幸福死啦！我老公亲自给我按摩脚，我什么时候睡着的都不知道。早晨一觉醒来，我对巴斯卡说：‘老公，等这次演出结束回到家，我得好好犒劳你。’”金星说完话，高兴地笑了起来。女人拥有心仪的爱情幸福，就会显得格外年轻、孩子气。这一点，我从金星甜润的笑容里捕捉到了。每当金星谈起巴斯卡，这样的笑容便深情地绽放出来。

金星接着说：“巴斯卡昨晚也美死啦。他说我是他智慧的另一半，他寻找了二十年，今天终于如愿以偿，找到了自己的归宿。”

金星深爱着巴斯卡，巴斯卡也一样深爱着金星，而且崇拜金

星。爱情是一串缘分穿连起来的念珠，缘分到了，爱情的金果也就瓜熟蒂落了。

这时，化妆师杨鸣与金星聊起美容的话题。金星主张女人在三十多岁就要开始吃维他命和其他养颜保健品，虽然当时看不见什么结果，但等到老了就会见到效果。就像眼霜，要经常抹，使眼部皮肤始终处在兴奋状态，这样才不容易产生皱纹。如果你等到老了才抹眼霜或是吃维他命，皮肤已经失去弹性，再好的眼霜也起不了什么效果。人老了肠胃吸收功能弱，再好的补品也没有在年轻时候吸收得彻底。看来，金星对美容养生也有自己独特的研究。

金星说："女人分三种。一种是漂亮而没有大脑的，那很好，男人特别喜欢；一种是不漂亮但有大脑的，那也好，因为她能自己管好自己；最后一种是又漂亮又有脑的，唉，那就算了，随便吧。"

在舞台下放松的金星，总是那样乐观。她喜欢说笑话，性格直爽，有啥说啥，不会跟你斤斤计较、绕弯子。她对自己的舞蹈充满信心，因此，看不出她有什么压力。记得在没有认识金星以前，我在电视上看过一段记者对她的采访，金星毫无顾忌地说，目前在中国，没有哪一个人能编排出比她更好的现代舞。

我当时想，这个舞者是不是说话过头了，一点也不谦虚。现在一想，金星的个性是毫无掩饰的，她的话一点没有说过头。她心里是怎么想的，就怎样痛快地说出来，过分地谦虚，反而显得虚伪。如今，金星把现代舞提升到了一个很高的境界，后来者想超越这个境界很不易。

金星相信天意，相信顺其自然的道理。她经常与我们聊天，谈她自己对人生的感悟。她说："人出生是哭着来到这个世界的，所以注定是要历经磨难的。你这一生要做什么，老天爷都给你安排好的，顺其自然，一切随缘。"

有了这样的法则在心里，金星对一切事物的发展就看得很淡，心态很平和，不是那种非要与某一个事物比高低的人。在国内宣传上，她的格调也放得很低，不想在名义上给自己过多的压力。

离演出时间只有五分钟了，巴黎方演出公司担心第二场演出观众不会太满，但结果却恰恰相反。从巴黎各个地方来看表演的人排起长队买票，以致演出时间不得不往后推迟十五分钟。正式开演前，剧院楼上楼下的观众坐得满满的。由此看来，金星的现代舞在巴黎还是相当有市场的。

金星之所以这样有魅力，缘于她创意的富有自己个性的现代舞本身。我已经连续看完金星三场现代舞，从没产生过看腻的感觉。金星赋予现代舞的首先是一个故事，然后是勾人心魄的音乐，其次才是肢体语言的描述。她隐藏在舞蹈内容深处的主题是慢火炖出来的。所以，每一次观看，你都会有新的发现、新的感悟。这种感悟是逼进我们心灵的冷光，在你静心体验后，你会

随着舞蹈情节的演绎，产生心灵的激动和意念的快感。金星就是这样一个带着思维魔力的奇人。

上半场最后一个剧目是《上海探戈》。这是根据《雷雨》中的人物繁漪改编的。把一个著名的话剧人物，改编成一个只有十分钟左右的现代舞，是要花费很大精力的。金星对繁漪的把握是运用画龙点睛式的手笔完成的。

《上海探戈》的开场采用三幅人物形象造型：第一幅人物造型只有繁漪、老爷和老爷的长子；第二幅增加了繁漪所生的次子，那时的繁漪面带着获得幸福爱情的微笑；第三幅同样是四个人物造型，但四个人物的表情却显得异常沉重。三幅造型瞬间闪过，音乐响起，表演开始。

三幅人物造型的出现，均采用闪光灯拍照的方法，一明一暗，画面十分鲜明、醒目。也许外国观众对这样独特的表现手法感到新奇，所以，每当三幅人物造型出现，都会引来台下观众一阵惬意的笑声。我曾经把舞台下出现的这种情况反映给金星，金星说："很好，我要的就是这样的感觉。"

金星把时间和人物的跨度浓缩在三幅别致的人物造型图画中，序幕演绎得干净、利落，有深意。接着，是繁漪背着老爷和儿子与老爷长子的倾诉，这一段剧情有老爷的古板，长子的愧疚、无奈，繁漪的悲苦、绝望。整出剧目运用探戈舞蹈形式，其中有繁漪与老爷和老爷长子的双人舞，由身穿白塑料披风幽灵般的探戈群舞相伴。如泣如诉的音乐伴随着肢体语言的叙述，整个《上海探戈》由开始的缠绵、怨恨到最后的疯狂、破碎，使你的情绪得不到片刻的宁静，而快节奏的音乐结束点收在繁漪倒在老爷长子的怀抱中。故事情节紧凑、干净、精彩！中心人物繁漪由金星主演，对人物性格的刻画入木三分，肢体语言表达逼真传神。节目一结束，赞叹的掌声顿时爆发了出来。

我是第一次欣赏到用现代舞来演绎的《雷雨》。金星对名著的

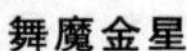

理解着重在人物灵魂的刻画上，而运用探戈这种富有张力的舞蹈形式塑造繁漪，是一种贴近人物个性的创意，何况金星在剧情设计中刻画了四个主要人物，各个人物的表演都十分有特色。群舞的陪衬烘托，使剧情的演绎过程增添了恢弘的气势。结束点是在群舞高潮中一锤定音的，既出人意料，给人的视觉印象又非常深刻，是一气呵成的作品。

金星在现代舞的编排上，善于运用诗意小说的叙述方法，既有起伏曲折的故事情节，又不乏诗意的浪漫；既融汇了现实生活的惨烈，又不乏醇厚人情味的爱怜。《上海探戈》在我的眼里，可称得上是金星现代舞的代表作之一。她对繁漪命运的演绎，是独具匠心的。

外国人是否看懂了《上海探戈》，很难说。他们只有在了解名著《雷雨》的基础上，才能用心读懂这部剧。金星是很聪明的编导，她巧妙借用了西方人热爱的探戈舞蹈形式，调了这出既有中国传统文化的内容，又有西方舞蹈风格的现代舞。让那些金发碧眼的人能看得进去，哪怕是理解其中某一点内容，就算是非常成功了。

巴黎第二场演出完满结束，我长舒了一口气。按计划，在赌场剧院还有四场演出，而且是连续性的，中间没有一天间隔。如果按照前两场势头发展下去，就证明金星的现代舞在欧洲的市场潜力是巨大的。当然，现在断言，为时尚早。因为在同一个剧院连续演出六场，能有那么多热衷于看金星现代舞的观众吗？

但我在心里有一种预感。我连续看了四场演出，还没有产生什么厌倦感，反而每一次观看都会悟出一点新鲜的含义。我想，我有这样的感觉，那么在文化素质较高的巴黎城，别人的感觉不会比我差到哪里去的。

回到 IBIS 酒店，已经是深夜十二点钟。我站在七楼窗口，静静望着巴黎街道，没有一个行人，偶尔开过一辆夜行车，打破石头城的宁静。这时候，俯视窗外的夜景，有一种欣赏古诗画的感觉。

那石头城池的每一个角落,似乎都缩写着一个很遥远的故事。不知怎么,它仿佛有股特殊的吸引力,摄取着你的目光。你会若有所思、无限感慨地望着它们。

这就是夜晚的巴黎,是画在一幅古老油画里的夜晚。她睡着时也呈现出动情的魅力。

《半梦》协奏出优美的诗意

巴黎两场演出后,法国各新闻媒体呈现出报道金星舞蹈团演出盛况的高潮。尤其是对金星本人的报道,更为详尽。我们现在虽然还没有去逛巴黎春天,但从电视报纸等媒体上,我们已经感到异常红火的金星舞蹈团的春天。

今天金星非常兴奋,下午我们一到剧院化妆间,金星便把自己抽空上街买的一套裙装和皮鞋穿出来给我们看。裙装带有法国民族风情:吊带衫是紫色的,衣襟滚着白色碎花的边;外衣是浅褐色的,上面撒着粉红色的小碎花;裙子是淡褐色的,上面布满了大小不规则的紫色花朵。皮鞋是鹿皮的,钉子鞋跟。这身衣裙穿在金星身上,很合身,裹出了金星丰满的身材。再配上高跟皮鞋,金星便显得嫣然可人。这身衣服衬托出金星娇媚的一面。一股休闲的女人风韵,在自然中无形地流露出来。

金星一边展示,一边说:“这吊带衫加上外衣、裙子、皮鞋,总共才一百多欧元,多便宜呀!连巴斯卡看了都觉得惊奇,说我买了这样廉价的衣服和鞋子,太节约啦!”

金星说自己挑选衣服并不喜欢去巴黎热闹的大商场,她喜欢转那些角落里的小商店,那里面往往有意想不到的收获。

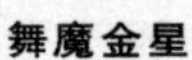

大关和杨鸣听说角落里有好货，提议让金星带她们也去淘淘金。金星愉快地答应了她们的要求，说明天就可以带她们去瞧一瞧。金星个性就是这样，想做什么，她就要达到目的，不在乎别人议论。在她的身上，处处可见自由奔放的元素。

金星兴致很高，接着她又给我们讲述了昨晚她和巴斯卡的事。金星说，昨天晚上回去，她的床头摆放了一束鲜花，鲜花上附了一张卡片，卡片上写着一行小字："我今晚能在这里过夜吗？"落款人是"巴斯卡"。金星说到这里，开心地笑起来。金星说："巴斯卡真够幽默的，想过夜留下来不就得啦！"

金星是不忌讳谈自己私事的。她一旦有让自己开心的事，总是要讲给信得过的朋友听，让大家一起分享她爱情的幸福和快乐。金星个性透明度是很高的。她跳跃的思维、纯新的观念，每每会在一瞬间向你迸发出来。所以，跟金星在一起工作，你必须保持充沛的精力，加快记忆的频率，只有这样，才不会漏掉那些十分有趣、有思想价值的东西。

今晚金星兴奋的另一个原因是巴斯卡的母亲要来剧院观看她的演出。这位十分挑剔的贵妇人，是想亲自检验自己未来的儿媳是否像媒体宣传的那样出色。金星说，要动员她未来的婆婆看演出可真不容易。老太太是不爱出门的，她喜欢安静，这次能出来看戏，算是给足了面子。

我没有见过巴斯卡的母亲，但听金星的介绍，印象中已经逐渐呈现出这位尊贵夫人的模样来。

这天晚上演出是准时开场的。观众还是满员。我们的担心是多余的。金星的魔力在无形地遥控着巴黎城，赌场剧院一下子成为巴黎人气最旺的地方。

随着预备铃声结束，灯光渐渐暗淡下来。极富情绪渲染力的序曲音乐响起。开场序曲总让人的心思飘到一个遥远的世界，如果你静心听上几遍，就会产生与灵魂对话的欲望。

序曲音乐十分悠远、凄美，有震撼力。我喜欢听序曲音乐，它跨越时空般呼唤出的声音，一阵阵冲击着你的耳膜。它抓住了你的听觉和心灵，把你的心思一下子集中到舞台上的世界。这是金星对音乐认识过人的地方，她知道该运用什么样的音乐，来贯穿她要演绎的整台剧目。

演出的上半场与下半场之间有一段十五分钟的休息时间，要吃东西和抽烟的观众很自觉，他们自动来到进门的大厅里，自由交谈着，或买水果、糕点吃。这段时间也给金星和其他演员一个休整的机会。特别是金星，上半场最后一个舞蹈由她主演，下半场的第一个节目《半梦》也是她主演。没有旺盛的精力，是承受不了这样剧烈运动的。因为我在舞台的侧面，所以能经常看见跳完一个舞蹈后大口喘着粗气的金星。其他演员也是这样。我明白了舞蹈演员的演出生涯为什么这样短暂的原因，这可是大运动量的艺术，是非常辛苦的艺术。体会到舞蹈艺术的辛劳，更增添了我们对金星舞蹈艺术的尊敬。

《半梦》是金星担当主演的代表作，这个剧目曾经在美国舞蹈节上荣获大奖。《半梦》的最初构思早于二十多年前，那时金星还在沈阳军区当小学员。当她第一次听见《梁山伯与祝英台》协奏曲的时候，便被协奏曲优美动听的旋律所震惊！她当时在心里就暗暗发誓，将来自己一定会用舞蹈形式把《梁祝》搬上舞台。

果真，经过十余年的磨砺，金星来到美国学习现代舞，她趁自己被邀请作美国舞蹈节编导的机会，把《梁祝》改编成现代舞《半梦》搬上美国舞蹈节舞台，获得巨大成功。

这次又作为欧洲巡演的重点剧目推出，其轰动效应仍不减当年。

金星说："为什么叫'半梦'？那是我对当时的社会、环境、生活、生命的思考。这舞蹈我着意阐释音乐，跟故事没有牵连，把我对音乐的理解，通过完整的协奏曲表现出来，所以，当时我给这个

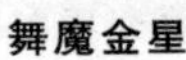

舞蹈起名叫‘半梦’，不是美梦，也不是恶梦，不讲任何故事，完全是一种感受，是对音乐的一种解释，是一个做不完的梦——半梦。音乐自身已经有很多内容在里面，我只是用肢体把音乐的每个音符表现出来。我在舞台上是一半，另一半在观众心里。那盏聚光灯喻示着拘留所里的那个风扇。”

金星构思《半梦》的灵感，除了早期《梁祝》协奏曲的影响，另外一个原因来自她在美国生活的一段曲折经历。她被一个自己曾经帮助过的朋友诬陷，关进监狱达半个月之久。后来真相大白，金星获释。在监狱里，面对头顶一盏微弱孤灯下的风扇，金星想到了《半梦》开场的情节。这个情节被运用到舞蹈中，也就成了今天《半梦》的开场：金星仰面抱头、眼望着头顶一盏孤灯的造型。金星的舞蹈创意，每每来自生活中感受最深刻的体验。所以，舞蹈一出现，造型就很抓人。

金星在《半梦》中独舞了一个充满现代风格的祝英台角色。一身飘逸的红裙，配上天蓝色调的幕景，加上给金星伴舞的一群少男少女身着鹅黄色裙装，用红、黄、蓝三种鲜亮的原色组合成一个色彩缤纷的梦境，单从色彩搭配的角度出发，就非常吸引人。金星把现代舞与芭蕾舞巧妙结合在一起，用舒展、优美、传神的肢体语言，把《梁祝》的哀怨和缠绵演绎得出神入化。

尤其是金星十几个近乎完美的舞蹈造型，飘逸生情，摇曳多姿。金星把现代舞骨骼动态的美融入到心灵的体验中，她所展现的舞姿和神情，使《梁祝》协奏曲表现的内容有了鲜明的新意。古典的美韵与现代舞的表现力相撞，迸发出一个又一个精彩的独舞画面，一个全新的祝英台形象栩栩如生地出现在我们面前。金星用现代舞对《梁祝》的演示，充分展示了她出色的舞蹈构思和出类拔萃的表演才华。整套编舞节奏清新流畅，画面艳丽夺目，内容感人至深。这是一出让人百看不厌的剧目，堪称金星舞蹈作品的经典。

《半梦》感染了法国人的情绪，同时打动了巴斯卡的母亲。当晚演出结束后，巴斯卡的母亲来到后台化妆间，向金星表示祝贺。我是第一次见到被金星称之为“十分挑剔”的婆婆。果然，这位富有19世纪贵族气质的妇人，风度非凡。她身着典雅的黑色服装，戴着镶金边的眼镜和一顶漂亮礼帽，举手投足，温文尔雅，表现得十分有涵养。她微笑着拥吻了金星，这是挑剔的婆婆对金星最美好的祝愿。巴斯卡和他的父亲微笑着站在一旁。这就是金星未婚夫一家给我的初次印象。

夜晚十一点，我们走在巴黎的大街上，去赶回酒店的最后一班地铁。巴黎深夜，街上很少有行人，偶尔可见街沿的咖啡店亮着昏黄的灯光，有几个闲人坐在那里喝着咖啡、聊着天。

这是一座古老的石头城。墙壁的颜色统一是灰色的。在夜晚，即使有灯光，给人的感觉仍然是肃穆的。这时，天空飘着牛毛细雨，那些盘踞在房檐楼面的雕塑，默然守望着它们凝视了百年的街景。它们似乎已经习惯了这样古老的守望。一切都是那么静，只需停留上片刻时间，便会感觉到一种怀古幽情，翩然漫溢上心头。

此刻，你仿佛在几百年前的街道上漫游。你会感触于这种建筑的古老艺术，它庄严、坚固、大方，这与我们东方古老建筑有着本质上的区别。我们那种木式亭台楼阁的建筑，巧夺天工，精巧智慧，但在坚固方面，要远远逊色于这些石头城池。

在夜晚欣赏巴黎建筑，刚开始你会发现许多新鲜的感觉：幽静、典雅、怀古，异国风情令你目不暇接。走过几次后，就会产生一种莫名的压抑感：古板的石头城池，古板的面孔，始终晃动在你眼前的是灰色的色彩。我开始怀恋我们的上海，那才是真正的不夜城，真正具有天堂颜色的城池，一个能使人处在高度兴奋状态的城市。来巴黎前，我曾问一个去过许多国家的朋友，最喜欢呆在哪个城市？她不假思索地说：“上海。”的确，你若身在上海，一直没有去

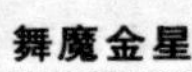

过外面的世界，你是感觉不出上海的现代城市味道的。离开上海，到称之为艺术之都的巴黎去一比较，你会感到现代世界的真正天堂在哪里。

灵感孵化的《小岛》

巴黎的三场成功演出，使金星颇有兴致。按照约定，明天一早金星要带我们去巴黎城物价比较适中的区域购物。第二天早晨，金星一身素净打扮，早早在凯旋门前等我们。

老演员关秀华早先与金星同在沈阳军区歌舞团，那时金星还是一个小文艺兵。关秀华说当小文艺兵时的金星心灵手巧，看到什么东西，一学就会。她经常帮剧组穿项链，手艺比女孩子都要好。金星和关秀华是很好的朋友，金星把关秀华的名字简化为“大关”。今天，金星主要是为大关挑选衣服，我和杨鸣只作陪同。而我还有一个目的，是想看一看金星是怎样购物的。

由于坐错地铁，我们比约定的时间迟到了十五分钟。金星没有抱怨我们，她看了一下表，就开始带着我们去购物。

金星避开香榭丽舍大街，带着我们走了一条比较安静的小街。金星说她很少到华丽热闹的街市购物，巴黎的热闹市场物价高，物美价廉的东西少，而僻静的街道往往藏着一些鲜为人知的珍品。

金星逛街很随意，挑选衣服也非常利落。只要是她看中的衣物，价格适中，立刻掏钱就买。因为有金星作参谋，大关买衣服才下得了手。一会儿的工夫，只转了两三家小商店，金星就替大关连着选购了两件人民币上千元的衣服。金星指着她看中的衣服说：“大关，这一件是你的年龄穿的衣服，值！”

两件外套，其中有一件是两面穿的中长呢子大衣。大关穿上，样式颜色都很合适。金星说，一件呢子大衣，两面都能穿，等于花一件衣服的价钱买两件衣服，划算得很啊！

大关见金星这样说，几乎没有什么犹豫，就很干脆地掏钱买了。接着，我又请金星作参谋，给我的两个女儿挑选了两条碎花的小短裙。金星主张穿着要有特色，有自己的个性，有色彩感觉，穿起来简洁生动。

接着，我们又转了一家皮装店。我看见一件棕色的小皮衣，四十九欧元，价钱挺合我意，我想给妻子购买这件皮衣。于是，我请金星参谋，买这件皮衣是否可行？金星试穿了一下，说："样式不

金星特意穿了一条云南少数民族长裙

错，皮料柔软，合人民币五百元，太值啦！”有金星的评价，我没有任何考虑，马上掏钱买下了这件皮衣。事实正如金星所言，我从巴黎回来，惟独这件小皮衣买得最划算，而且妻子穿在身上非常合身，新颖别致。

金星一边替我们挑选衣服，她自己也花了上百欧元，购买了几件富有法国民族特色的吊带衫和裙子。金星喜欢穿裙装，在样式选择上与众不同。那天在马赛演出，电视台专访，金星特意穿了一条云南少数民族花布长裙，色彩艳丽，款式古朴，我当时感到很惊讶。金星在穿着上与她的现代舞所具有的奇思妙想有着极为相似的共同点。

这次选购衣服的时间很短，前后不过一个小时左右。我感到这样购买物品非常痛快。前几天跟随过几个购物群体，她们几乎要转悠一整天的时间，不到天黑是不肯善罢甘休收兵的。跟随金星购物，不但物有所值，而且节约时间，人的精力充足。果断、从容，相信自己的眼光和判断，是金星购物的作风。这样的作风延续到金星经营的舞蹈事业上，我们就能够理解，金星之所以获得今天的成功，与她简练、快捷的生活风格是分不开的。

回到下榻的酒店，金星霎时好像变成了一个天真的小女孩，她把购买的衣物一件件穿出来给我们看。金星是舞蹈演员出身，身材匀称，穿什么都很得体。她还有着一种一般演员身上没有的气质，能把每件衣服穿出独特的风韵来。一件看起来不怎么起眼的衣服，一套在她的身上，就会显得格外出彩。如果说金星离“魔鬼的身材”还有那么一丁点距离，那么，她更有一种“魔鬼”般的气质。欣赏金星的穿着是一种美的享受，就好比在看一场高水平的模特表演，能激发出你的欣赏欲望。这与她的现代舞所表达的肢体语言是一致的。

金星热爱自由自在的生活。她毫无顾忌地对我们说，她在家里洗完澡以后是经常不穿衣服的。她喜欢裸露着身体在自己的房

间里走来走去。她说这样的感觉挺好，很自然的生活，没有什么不适应的。这是金星的私人空间，她能毫无遮掩地说出来，证明她相信听者对人性的理解，这就好比跟圣人站在同等高度上，才会看见凡人眼里看不见的东西。金星虽然不是圣人，但她是凡人中不平凡的一种人。和她交谈的时候，你不知不觉就能够从她的言谈中猛然听到什么意外的事情来。

在金星居住的酒店喝好茶，我们没有久留，先去了卡西诺剧院。我们希望给金星多留一点休息时间，这几天她太疲劳了。我们途经老佛爷商场，大关和杨鸣的内心又燃起逛商场的欲望，她们执意要进商场，看来，商场对女人的心理诱惑是很大的。无奈，我只好像一个护卫兵，跟在两位女士后面逛了一圈老佛爷。

傍晚回到卡西诺剧院，金星已经在和其他演员一起练功了。这天练功出了点小问题。上回差点掉队的那名女演员因迟到半个小时，没有进行练功的准备工作，盲目跟着走台，结果左臂受伤。这将对当晚演出产生一定影响。于是，金星重新调整部分舞蹈节目站位，弥补这名不能上台演出的演员的空缺。还好，金星早有两手准备，上台的舞蹈演员有富余，少一个人看不出什么不协调，稍加编排，节目还是非常完满的。

金星对演员训练的要求是非常严格的，舞蹈团演员面对金星总有一种畏惧感。金星说："排练场对我来说是有宗教氛围的，我对演员的启发和感染力都有宗教感。其实我这个人就是排练时厉害，尖刻是在排练场里尖刻。了解我的人都知道，出了排练厅大家都可以像朋友一样，一点问题没有。什么事我都可以妥协，但我在排练时是一点不带妥协的。你要在排练厅里跟我较真，我刀子都敢上。"

的确，在艺术和工作上，金星是不让任何人的。除了艺术和工作，其他方面都能容忍。我看见金星在演员走台时的训练，哪个演员微小的失误，她都会毫不留情当场指出来。口气严厉，态

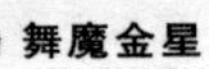

度坚决，无论你承受得起也好，承受不了也罢，一个原则，必须按照她的思路排练。

演员们对金星的态度是尊敬的，他们喜欢称呼金星叫“金姐”。对金姐的指令，只有服从，没有抗拒。我们可以理解，一个优秀的艺术家，要演绎她的精品，锤炼出一支过得硬的演员队伍是成功的基础。没有这个基础，自己再好的思路和想法就无法顺利贯彻下来。金星有编创舞蹈的天才，也有管理剧团队伍的能力。从连续五场的演出看得出来，没有一个演员因情绪的波动或体力方面的原因影响过演出。

巴黎第四场演出同样令人欣慰。晚上八点半钟，剧院门口还排起一溜购票长队。因此，演出时间不得不向后推迟十五分钟。金星现代舞在巴黎演火了，说这句话一点也不过分。演出连续四场满场，而且是在同一个剧院，这在巴黎非常少见。看见这种情况，演出经纪公司老板的眼睛都笑眯了。金星个人的魅力，加上她编创的新颖别致的现代舞蹈艺术，在欧洲这样有市场，是演出商们没有想到的事。

真正有价值的艺术是没有国界的。金星这次带进欧洲巡演的十个现代舞，个个都是精品，是金星舞蹈团成立十周年精选出来的。金星现代舞的谜底是需要你反复咀嚼领悟的。她在每一个剧目的创意中，不纯粹是一个情节的构思，而是一种心灵的感悟，是一种奇妙的音乐能够阐释的东西。

所以，金星在音乐的选择上，有着她独特的眼光。她所挑选的每一曲现代舞音乐，不但与舞蹈内容能巧妙地吻合，而且，音乐本身就很抓人。它绷紧了你的听觉神经，有一股穿射你灵魂的天音促使你的视觉与她的舞蹈内容发生互动，这是我们从来没有体会过的快意。

为了彻底了解金星的舞蹈艺术，在欧洲巡演的每一场我都坐在舞台下静静观看，用心体会每一个细节。奇怪得很，我从来都没

有厌倦过。金星的现代舞是她用心血凝聚出来的，是用灵感点化的。《小岛》就是这样一个深受法国观众欢迎的精品舞蹈。

表演《小岛》的是两个男演员。他们除了穿着一条很窄小的肉色比基尼短裤，几乎是裸露着全身表演这个节目的。对演员衣着的选择，金星突出了一种人体的雕塑美。结合舞蹈内容，她追求的是裸岛艺术，是纯自然的小岛。

《小岛》剧目时间不长，它所要表现的肢体语言，采用的全部是电影慢镜头般徐缓的造型艺术。演员表演到位，肢体展示传神达意。时而是飞鸟，时而又变化成潜入深海的游鱼。尤其是开场几个海鸥展翅飞翔和鱼跃亮翅的造型，尤为优美动人。而在结尾，由飞鸟组合的人体演绎出一个人在小岛上漫步，收住了精彩的一笔，使小岛回归到人性的主题上来。自然情感的流露，丰富、洒脱、超逸、富有情趣。剧目的音乐采用的是法国作曲家瑞内·奥布芮的名曲《小岛》，这支曲子在法国可以说是家喻户晓。曲调浑厚，节奏鲜明，优美动听，有鲜活的海浪气息扑面而来。这与现代舞《小岛》要表现的内容有机地结合在一起，无论在听觉还是在视觉上，给人的艺术享受是完美的，能传达到人的心灵深处。

《小岛》是金星的灵感之作。金星说当时构思这个节目的时候，只花费了一个上午时间就完成了全部的动作编排。当然，金星对《小岛》的积累时间是长久的，依我个人的理解，《小岛》的内容在某些方面有金星早期情感的影子。我想起金星自传里所提到的第一次刻骨铭心的恋情，那是她与美国得克萨斯农场牛仔可雷的感情。金星曾为可雷一度放弃了自己的舞蹈艺术，来到这个偏僻农场，和可雷度过了三个多月的恋人生活。他们骑马在农场的原野奔驰，在小岛海水里游泳、嬉戏，但最终结局还是以分手告终。

失恋的金星可谓痛苦之极。她在屋里伤心地哭了两天。失恋那一段时间，有一次金星背着小背包走在街上，突然，闻到前面一个男人身体发出的香水味和可雷用的是一样的，金星便情不自禁

地跟在他的后面走上半小时。直到那个人进了办公楼,看不见了,金星才停住脚步,然后独自坐在马路边哭泣。

这段魂萦梦牵的恋情,是不是融化进了《小岛》的回忆?我只是个人的一种猜想,因为《小岛》的肢体语言编排得太完美了,简直是神来之笔!而《小岛》蕴涵的情感寓意又是那样微妙,充满人性化的深意。这样情景交融的舞蹈画面,与朦胧柔和的灯光结合在一起,再配上绝妙的自然天音般的音乐相烘托,这个剧目几乎达到了一种无懈可击的艺术境界。

《小岛》是静美的小岛,是自然、飘逸、灵动、深情、令人向往的小岛。我相信,凡是看过《小岛》的人,都会被《小岛》表现的自由自在的纯自然生活所感动。在那一方没有尘世烦恼的净土,呈现的美是那样天然迷人,令人回味无穷!使我们在听觉和视觉中能触摸到小岛人性化的脉搏,从而获得无比美妙的精神享受。

也许是《小岛》营造的自然风情魅力感动了巴黎,演出结束后,当今世界上最有名的五大服装设计师之一特意来到后台化妆室看望金星,祝贺她精彩的演出。这位世界知名的服装设计师,是金星在十八年前最崇拜的人物之一。他能亲自向金星表示祝贺,金星备感荣幸,同时也感到意外。著名服装大师能首肯金星舞蹈艺术,从一个侧面反映出金星现代舞的艺术质量的确胜人一筹。金星说那天她和巴斯卡兴奋了一个晚上。

心仪已久的人物出现,搅动了金星内心的涟漪。金星对服装设计大师的崇敬,也显现在她对服装设计情有独钟的一面。我们可以看到金星对自己编创的现代舞的每一个剧目的服装设计,都是煞费了一番苦心的。演员们所穿的服装十分简约。一个剧团,十个大型节目,而全部演出服装不过才装了满满两大箱包。我感到惊奇。但你若看过金星设计的演出服装在舞台亮相后,你又不得不为金星的简约、奇特、单纯宁静的服装设计风格所折服。

金星设计的演出服装一点也不复杂,她喜欢采用裙袍样式,

甚至塑料布的质料她也破例选用。有些服装样式怪异，我感到那应该是幽灵穿的衣服。奇怪得很，在后台你看见演员们穿着这些颜色单纯的服装，是没有什么特别的。但上了舞台，经过肢体语言的旋律波动和灯光的绝妙追踪，这些服装马上就有了魔幻般飘逸的动感。

一个艺术家能有在整个舞蹈过程中全面操作的技术，是非常了不起的。金星的这些舞台服装、道具、灯光设计经验，来源于她当文艺兵时具体所做过的所有相关工作。金星时常说，她非常感谢自己的军旅文艺生涯，正是因为部队的严格锤炼，使她练就了一身过硬的舞蹈本领。这本领包括前台和后台的所有工种，她都尝试过。长期的实践积累，与她逐渐成熟的舞蹈创意融合在一起，才有今天的舞蹈全才金星。

回酒店的路上，我们怀着被《小岛》兴奋的心情，乘坐在地铁上。这时，有三个流浪艺人，拉着手风琴，吹着长号，弹奏着吉他，站在车厢里演奏古老的歌曲。以我的感觉，他们的水平很专业，演奏的歌曲美妙动听。尤其是他们表露的神态，没有一种让人去怜悯他们的感觉。他们的表情自然，微笑着面对所有聆听他们歌曲的人。这使我想起电影《泰坦尼克号》将要沉没时三个站在倾斜船板上拉提琴的艺人，那是十分真实的生活。欧洲的流浪艺人都有极高的音乐水平，他们习惯这种流动的音乐，这是自然的生活，而不是乞讨艺术。

《红与黑》的视觉冲击力

巴黎第五场演出的这天早晨，我与青年演员翎溪结伴去香

榭丽舍大街一家大型音像书店购买磁带。翎溪是军艺毕业的高才生,她对巴黎音乐很痴迷。她说在国内很难买到正宗巴黎音乐人创作的原曲,有些曲目根本就没有卖的。翎溪一个人去,没有人与她作伴,我也很想去巴黎音像书店见识一下,看一看与我们国内的书店有什么不一样。于是,我答应与翎溪一道去。

翎溪见有人作伴,很高兴,一路上与我聊起她进金星舞蹈团的过程。翎溪原来在二炮歌舞团,后来转业参加到金星现代舞蹈团的行列中来。她这次主演的节目是《舞02》。翎溪的表演功底好,把金星的舞蹈寓意表演得非常到位,因而颇得金星的器重。翎溪的老家在东北,是一个开朗活泼的姑娘,有什么就说什么,性格和金星有点相似。

两个人说着话,时间就过得很快。从地铁一号线出来,就是香榭丽舍大街。我们进了音像书店,面积挺大,有三层楼面,音像店和书店是分开的,但规模比起我们上海书城要小许多。音像店要比书店大一些,内容以CD光盘为主。法国人喜欢听音乐,作曲的音乐家很多。我只能惊叹!

这里的音乐作品品种繁多,这是音乐艺术的王国。繁荣优美的音乐,引发了法国人几多浪漫的想像,难怪金星的大部分舞蹈乐曲选用的是法国知名作曲家的作品,这些乐曲的内涵深度,对人类情感情绪的阐释是非常深刻到位的。金星从这些乐曲中获得了不少灵感。

除了一些包装精美的大师级CD外,还有一部分新潮的CD唱片。从包装画面看,猛男猛女画面比较普遍。可想而知,这里有一半的音乐是给年轻人听的。法国年轻人浪漫而开放,喜欢激情澎湃、歇斯底里的东西。因而,这方面的劲爆音乐特别繁荣,而且价格不菲。一般打折下来的CD最便宜也要合八十多元人民币,金贵的要在二百元人民币以上。这里没盗版CD,可以先试听,满意后再购买。

我想找中国音乐，翻看了半天，才在一个角落里找到了一盘《春江花月夜》，但翻译的洋名却是《春江花潮》。没有了月夜，诗意的美仅从名字上直观的感觉，就逊色多了。图书也是这样，翻译过来的中国图书很少见到。这使我想起我们国内书店，随便扫一眼，便可见到一大批从国外翻译来的书籍。这样一比较，仅从音像和图书方面看，中国人了解外国人的文化是积极主动的，而外国人了解中国文化是片面的。

国内一些翻译过来的外国图书，质量和内容太一般，特别是社科励志类图书，内容大多大同小异，你仔细阅读，并不是像图书封面宣传的那样玄乎叫绝。动不动就声称在国外发行几百万册，来抬高我们国内不知真情的读者的购买欲望。殊不知来到国外这样大的书店一看，书店里看书的人没有几个。外国人口少，人很理性，喜欢读书买书的人不是很多。

相比之下，我更为金星在巴黎演出产生的轰动效应感到扬眉吐气！法国一家有名的报纸，发表了巴黎著名评论家评论金星的一篇文章，他在文章中写道：正当我们现代舞不知道往什么方向发展的时候，一个中国现代舞蹈家告诉我们现代舞应该怎样去跳。

金星的现代舞给盛行现代舞的西方指明了发展的方向，她能得到这样高的评价不是一时的虚名。也许我们现在还不能认识到她的价值，但过了许多年以后，我们再来回顾这段历史，金星的现代舞艺术，包括她本人个性的魔力，仍然还会那么鲜亮、激情动人！

从音像书店出来，我一路上这样思考着：要想别人了解中国，文化必须走出国门。但如果翻译水平跟不上，翻译成洋文的文化作品就会大打折扣，本来优秀的东西，就会变成一般性的水准，我们的文化艺术魅力又何从谈起呢？

因此，金星采用现代舞的形式，糅合本民族优秀文化，用谁都能看得懂的肢体语言，直接与外国人的欣赏智慧交流，这样的效果

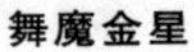

既形象又直观,既快捷又出奇地好,且受众面广泛。虽然是一支私人舞蹈团队,但传播的是中国文化大智慧。

翎溪购买到了她愿望中的唱片,心里很快乐。我们走到老佛爷商场门口,翎溪看了一下表说时间来不及了,她要先去剧院练功。她把买的箱包托付给我,然后快步向剧院走去。金星是注重时间的人,工作的时间务必准时,这是金星对演出队伍严格的要求。

我来到剧院,演员们已经练功好一会了。今天金星没有直接进练功房,她选择在化妆间的地毯上活动身体。她一边练功,一边与我们聊天。金星说,昨晚巴斯卡很高兴,今天一早特意带她去香榭丽舍大街一家上档次的餐馆吃了一顿法国大餐。两份牛排加面包和两个汤,还没有吃饱。吃完饭,巴斯卡拿着结算单去付账,要了他们五十欧元!当时把巴斯卡气得直跺脚,大喊冤枉,要跟饭店老板理论。巴斯卡说,在中国,花五十欧元可以请一桌人吃丰富的酒席啊!最后,付完账的巴斯卡只好无奈地摇头,说,还是中国菜好吃,丰富,价格便宜又实惠!

巴斯卡喜欢过中国人的生活。他说,上海是一座美丽的城市,吃住都随他的心愿,他从心底愿意随金星到上海生活。巴斯卡是一个真正了解中国的人。现代中国的变化日新月异,随着居住条件的改善、物质的繁荣和物价的稳定,人们的衣食住行水平达到了一个前所未有的高度。当然,我们若不出去看看,总觉得西方人在过天堂般的生活。到了西方,切身体会比较一番,就会发现我们的物质生活供给实在丰富啊!光是蔬菜,就可以管你吃饱、吃够。

在巴黎,吃一根黄瓜要十五元人民币。而在中国,拿刚上市的高价黄瓜三元一斤计算,十五元人民币可以买五斤鲜嫩的黄瓜!这是什么概念啊!法国蔬菜主要靠进口,所以金贵。难怪巴斯卡要对一顿法国大餐大喊冤屈呢。

如果金星当初一直在国外不回来,那么,她的现代舞就可能会失血,就没有今天这样精彩绝伦。为什么?正如金星自己所

言——我们不能忘记自己民族文化的根。把握住老祖宗文化命脉根基的人,才会创造出真正有价值的东西!

金星与我们随意聊着天。感慨中,我越发感到金星把自己舞蹈团定位在上海的正确。金星的眼光是超前的,勇气是令人敬佩的。她敢拿洋人的现代舞形式承载中国味道的内容,与外国人挑剔的目光交锋,而且在洋人面前表现得不卑不亢,这种折服人的高贵艺术气质,是她赢得巴黎人尊敬的主要原因所在。

练功快要结束时,金星说今晚法国有五家电视台要来现场录像,作资料保存。我听了,担心金星的全部节目会被盗用。金星说,这个问题不必担心,在法国,版权意识很强,没有著作人的许可合同,节目是不可以随便播放的。

剧场的观众还是坐得满满的。演出顺利进行着。可能是大家知道今晚要录像,精神稍显紧张。下半场表演《半梦》时,有一名演员手里的黄丝带不慎在下场时失落在舞台上。我为这一点纰漏感到有些紧张。紧接着金星出场了,她用舞蹈的姿势,自然地拣起黄丝带,然后即兴表演了一小段黄丝带舞,把纰漏毫无痕迹地处理掉了。金星的老练和机智,表现出了一个成熟舞蹈家的基本素质,这同样是导致她成功的一个元素。

金星的现代舞常常会给你带来一种新鲜的惊奇感。像她编导的《红与黑》,就使外国人感到新奇、美妙!这不是演绎司汤达的《红与黑》,而是一群身穿黑色对襟棉衣、棉裤的男女演员,人手一把富有中国特色的大红折扇,形成红与黑的鲜明对比。

尤其是女演员们,梳着两根六七十年代的短辫子,一身颇有精神的装束,与简练、富有节奏感的扇舞和谐地相融在一起。《红与黑》舞蹈音乐采用的是一曲激情高昂的击打鼓乐,紧张、严肃、活泼。扣人心弦的鼓乐与一张一合、旋转飞舞、张弛有序的红扇子流畅衔接在一起。有两人扇子对舞、单人扇舞、男女分开与混合扇舞。打破传统的柔美扇舞动作,金星赋予它新的理念:刚劲、清新、

简洁、精美，入木三分地刻画了中国扇子的精神风采，从骨子里迸发出一种灵魂飞跃的美感来。

《红与黑》与《小岛》一样，可以看出是金星一气呵成的灵感之作。如果《小岛》表现的是一种纯自然的静美，那么《红与黑》则是刻画了一种精神节奏。有意思的是，金星把传统的对襟黑棉衣、棉裤作为演出服装，而舞出的扇子舞又是反传统地激情张扬，打破了传统的束缚，让我们耳目一新，领略到现代舞的卓越风姿，这才是红与黑调和出的真正色彩！

在国内，《红与黑》获得文化部颁发的最高奖励。在国外，《红与黑》同样博得了最激烈的掌声。台下的观众情不自禁地叫好，鲜明的快节奏，使散漫的巴黎人的心脏跟着紧张、激越地跳动了起来！这就是金星的灵感跳动出的澎湃激情！

巴黎第五场演出顺利结束。回到化妆室的金星收到了一封求爱信。金星看后笑了，她对我们说，自从她订婚的消息公开后，追她的人少了。金星跟巴斯卡开玩笑说："看吧，都因为你，现在都没有人敢追求我了。"求爱信是用法文写的，金星没有向我们公开详细内容。金星是一个充满青春活力的人，在她的情感生活中，她追求的东西就跟她调和的舞蹈色彩一样，给人的印象是扑朔迷离的。

金星说："我谈了这么多的恋爱，有这么多的男人在我身边，但我真正只爱过三次。即使到我老了，没有什么爱，我也不后悔，因为在我的经历中，有过真正的爱，刻骨铭心的爱。所以，我的朋友圈里都称我对爱是'飞蛾扑火'。"

金星对爱情的追求是大胆、激情的。她经常对演员们说："你们找到真正的爱，就大胆地去轰轰烈烈爱一次，这一生才不会有什么遗憾。"

金星在爱的问题上，不诠释什么，她注重的是感觉、浪漫、真情。获得真爱不易，但留住真爱也不容易。而往往刻骨铭心的真

爱留住的只是记忆，这或许是金星主张大胆地真正爱一次的原因所在吧！

母爱的牵挂

今天是在巴黎卡西诺剧院的最后一场演出。演出时间比以往提前了几个小时，定在下午四点钟。所以，吃过早饭，我们便早早开进巴黎城中心。

最后一场演出，时逢星期天，大家的心情格外放松。我们徒步走在巴黎大街上，奇怪得很，大街上人烟稀少，甚至连一辆汽车也很难碰到。街上到处关门闭户，没有一家商店和饭店是开张的。原来在巴黎星期天是全休日，人们早早在十点钟做礼拜去了，做完礼拜便回到自己家准备晚餐或外出郊游。这一天不会有人出来逛街，也不会有一家店铺开张卖东西。

我感到新鲜而开心呐！天气这样好，到处阳光明媚，加上大街上没有行人和车辆，我们可以自由自在走在大街中心散步，别样的心情，有着别样的感觉。

灿烂的阳光从那些古老的石头城建筑上洒下来，由于空气质量好，阳光显得特别明亮，像被泉水洗过一般，那种亮能激发你快乐的情绪，尤其是从某一处高高耸立的教堂顶端反射出来的阳光，仿佛让我们看见了天堂的光辉。

这时，立在石头城房檐的各类雕塑，好像也恢复了往日的活力，用它们宁静的目光看着我们这些来自异国他乡的黄色皮肤的人。今天，我们成了巴黎城市的主人，整条大街的自由空间属于我们。我兴奋之余，站在大街的中间，让杨鸣给我拍摄一张照

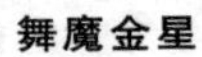

片作留念。

但与我们同行的工作人员却走得很匆忙,他们的心里好像对眼前的一切并不感兴趣。我一个人落在最后面。此刻我并不着急,我体味到主宰整条大街的快慰!我的视野可以尽情向街道尽头延伸,没有任何人来与我争,满满一条街的阳光是我的,惟一能与我分享一部分恬静快乐的是那沿街建筑物上的雕塑。但它们是静止的,所能分享的空间是有限的。

而我是自由流动着的,我的思想在快乐地飞跃!我把自己当作是一名天外的造访者,人们因为我的到来,腾出这样一个宁静明亮的空间,任我自由的思想和想像的心灵在艺术的城池中驰骋。这种感受有点妙不可言,那是堆砌在你思想里的快感,是真实的感动在驱动着你的视觉。

带着这样的心情来到剧院,精神格外轻松。金星连续五天演出,精神稍显疲惫,她昨晚一觉睡到今天中午十二点钟才醒来,现在坐在化妆间还在打瞌睡。这时,金星的手机响了,话筒里传来儿子嘟嘟的声音。

听见儿子的呼唤,金星的精神一下子振作起来,母爱的喜悦之情溢于言表。她用十分温和的口气询问了孩子的情况。嘟嘟在电话里告诉金星,说自己打小三了(小三是金星收养的第三个孩子),是要站在墙角罚站的。金星安慰说:“今天不要罚站了,下次改正了就是好孩子。”

金星教育孩子要有自己独特的个性。她把慈爱埋藏在心里的时间多。孩子做错了事,必须立刻反省,要勇于承认错误。嘟嘟是这样从小教育过来的,他的自觉性很强,悟性也非常高。

金星经常在我们面前夸赞大儿子嘟嘟,说他是优质产品,天分高。有一次,阿姨带嘟嘟去乘坐公共汽车,没有座位,嘟嘟和阿姨只好在一边站着。车开过两站后,嘟嘟旁边的座位空开了,但却被身后一位妇女抢占了去。嘟嘟马上发怒了,说:“起来,这是我的座

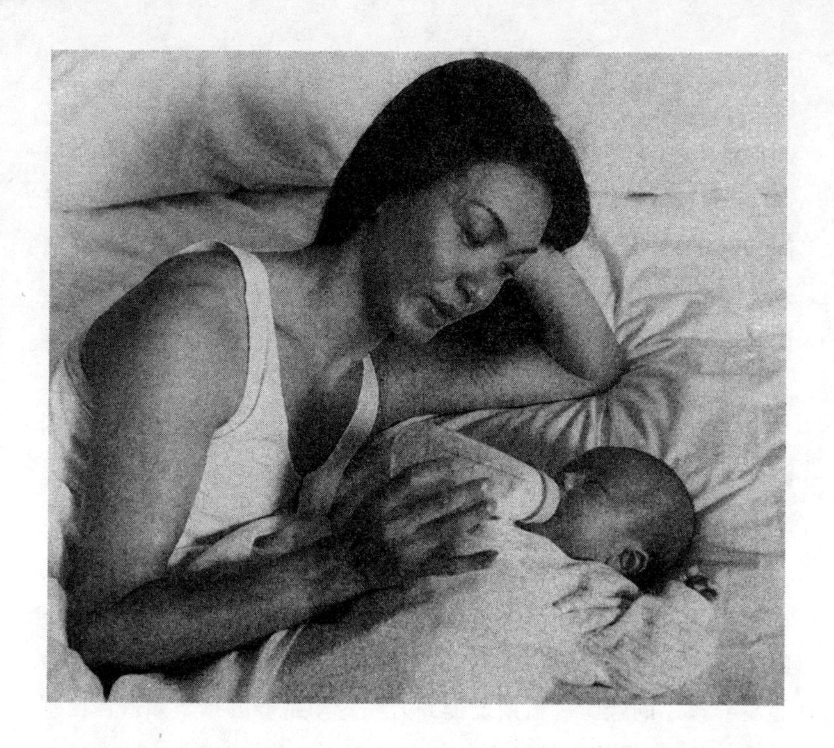

位，是我先得到的！”那位妇女不服气，说：“凭什么说是你的座位？”嘟嘟指着让开座位的另一位妇女说：“是这个阿姨让给我的。”那位阿姨点头说：“是我让给这个孩子的。”妇女没话说了，只好把座位还给嘟嘟。

金星每当说起儿子这件事，心里就乐开了花。金星说：“嘟嘟真是勇敢，四岁还不到，胆子倒挺大，个性很像我哩。”

还有一次，剧团演员翎溪和嘟嘟开玩笑，说自己爱上嘟嘟了，愿意给嘟嘟当老婆。嘟嘟当时没有说话。过了一两天，嘟嘟拿出一只手工编织的草戒指，郑重递给翎溪，说：“翎溪阿姨，你嫁给我吧！”

孩子的天真和灵气，常常使金星很开心。金星每次与我们谈起她收养的三个孩子，便显得异常兴奋。三个孩子在她的心里都有许多生动的故事，她会绘声绘色地把他们的动态和发生的事描

述出来。

金星后悔这次出来没有把嘟嘟带上，现在听见孩子的声音，激动得泪水都在眼眶里转动。金星说："第一次抱起我的儿子的时候，我浑身都发软了。孩子在梦中冲我一笑，就在这天真一笑的瞬间，我意识到：他是我生命中最重要的。我已经不重要了，现在我进入了母亲的角色。我非常感谢上苍，这是上苍给我的最大奖赏。因为老天爷相信你，把一个生命交到你的手里，证明经过三十三年的考验，你有能力和责任去抚养一个生命。"

金星自从有了孩子，马上有了一种家庭责任感，懂得了什么是牵挂，什么是母爱。她此刻很想家，想家里的三个孩子。金星所表现的细腻的母爱，有时让人觉得超出了一般的母爱。

金星是一个艺术家，她在表露母爱时总有几分生动的艺术感，而且自然、真实、贴切。虽不是自己亲生的孩子，但比起亲生的还赋予更深一层的母爱。我有一位朋友想抱养一个孩子，曾经请教金星养孩子的经验。当朋友提到万一今后抱养的孩子知道自己不是亲生的，不报答自己怎么办？

金星干脆地说："如果你有让孩子回报自己的思想，我劝你千万不要去抱养孩子。养孩子主要是一种责任，是让他今后成为社会上有用的人，而不是让他回报自己什么。我抱养孩子的目的就是这样简单。我奉献了，收养孩子，做了善事。今后孩子长大了有他自己的生活，自己的生存方式。而我现在是在尽义务和责任，没有其他的想法。所以，我没有顾忌地收养了三个孩子，也许我今后还会收养第四、第五个孩子。"

金星向我们讲述完儿子嘟嘟的事，又说她打算利用春节休息时间，飞回上海去看孩子。我们劝她既然来到巴黎演出，又这么辛苦，还是好好休息一下。金星说巴斯卡也不愿意她回去，她自己也放心不下舞蹈团，最终还是打消了回上海的念头。

巴黎最后一场演出，大家的心情都格外放松。但卡西诺剧院

不会因为是最后一场演出而放松自己的座位,仍然是满场。剧团的邵经理还特意把我们经常去的那家东风饭店的老板一家和亲戚带进剧院观看表演。他们很高兴,说是第一次坐在这样豪华的剧院,看我们自己国家的人表演节目。

新鲜的感觉总是在刺激着人们的视线。这次演出的剧目中,值得一提的还有金星表演的独舞《无题》。这是金星即兴创意的作品,没有多少情节。特别的是音乐,就在现场,有一位外籍演员,拉着手风琴,给金星伴奏。

手风琴乐曲怪异,大部分是节奏感强烈的符号音乐。金星给自己设计了一套黑纱裙装,像黑天鹅般肃穆。舞台灯光昏暗,惟有从顶灯放射出几道明光,把金星和伴奏者照出清晰的影子来。金星毫无表情的独舞,动作也十分古怪。时而落地翻滚,时而把裙子撩起翻举在背上,远远看去,像一只负重的黑色鸵鸟似的。

手风琴乐手不断追随着金星,变化着拉琴的姿态,狂放、激越,富有魔幻般的表现力。金星在《无题》中表演的肢体语言令人费解,但耐人寻味。它是个人情绪的宣泄,是记忆的独白,它使我们感到自己在宇宙的黑暗中游离、追忆、遐想,中间还掺杂着一些黑色的情感元素。它要把你的视线引入到一个未知的空间,或是灵魂初始时的挣扎,或是命运颠覆时的阵痛。整个表演过程似乎让你来不及去思索,你惟一能感觉到的是,完结后的回味。

金星营造了这样回味的氛围,她为我们刻画了人性中某些深刻的东西,但只能凭你的感觉和理解去意会。所以,每看一遍,自然而然会有一种新的感受在心头。《无题》侵入了我们的思想,它所阐释的某种人性化的东西,唤醒了我们曾经遗忘的灰色意想。我们感到了压抑,即使舞蹈、曲子在结尾时都是舒缓而轻快的,但压抑感还是一直在延续。我每次看《无题》,总有一种透不过气的感觉。金星舞蹈艺术的表现力,就是这样变幻莫测。

也许是《无题》与法国人的欣赏角度相吻合,他们从中悟到了

一种黑色的孤独,这种孤独恰好切中了他们群体中某些游离于外壳的思想感觉。因此,他们给予《无题》的除了掌声外,还有不断的叫好声。这是《无题》所产生的震撼效果。当你亲临现场,认真体会上几遍,这种效果则显得尤为强烈!

巴黎六场演出获得圆满成功。演出一结束,各界人士纷纷来到后台向金星表示祝贺。其中有不少崇拜者找金星签名、合影留念。我在心里松了一口气。连续六天演出,太紧张啦!舞蹈是体力与心力交织的运动,就像我这样跟着的旁观者,也感到了精神的疲惫。但我们的心情是愉快的,像一个征服后的胜利者。巴黎,艺术之都,为金星舞蹈团出色的表演而倾倒,这是我们最值得骄傲的事!

夜晚的巴黎,好像也在为我们欢庆。演出结束得早,街上还有不少行人。剧团一些演员纷纷结伴去逛夜巴黎,去蹦迪,他们要好好释放一下胜利的激情。我们这些步入中年的人,只有在欣赏巴黎夜景时放松自己的精神,美美地吸一口巴黎夜晚的空气,走在古老的街道上,自我陶醉一番。呵,胜利者的感觉真好啊!

深夜,很多演员还没有入睡。剧团经理老邵拎着一瓶洋酒,带着一包卤猪脚来到我们房间。他与男演员王涛对饮起来。老邵知道我不喝酒,他请我尝他卤的猪脚,说是去超市买的原料,自己拿到中国餐馆里亲自下厨卤好的。我尝了一块,味道不错,是地道的上海风味。老邵见我夸他的手艺,心里高兴,他劝我喝点洋酒,并说,喝洋酒醉酒的滋味,是一种浪漫的醉意。他嗜好喝洋酒,其他酒一律拒之门外。

听老邵这样说,我对洋酒来了兴趣。于是,我破例加入到他们饮酒的行列中来。三人喝着洋酒,谈论着关于酒的文化,心情舒畅得很。果然不出老邵所言,我感到喝洋酒的醉意是与喝白酒有些不相同:心里一点也不难受,而且醉意飘忽,真有一番浪漫情调洋溢在心头。

这天夜里，我睡得特别香甜，恍惚中，进入仙境，蒙眬中，有一群身穿艳丽服装的仙女从我眼前飘过。第二天，我把梦中的情景告诉老邵，我说："洋酒浪漫的醉意是很灵验的，怪不得你要喝洋酒。"老邵笑了，说："怎么样，我没有说假话吧！这浪漫的醉意可是一种享受哩！"听老邵谈醉洋酒的经验，我长了点洋酒见识。老邵说巴黎产的洋酒正宗，货真价实，而且这里的价格比上海便宜得多。老邵嗜洋酒如命，他要好好在巴黎过一把喝洋酒的瘾。

巴黎六场演出结束，金星让大家休整一天，并告诉我们明天一早有一家旅游公司用大巴士带大家去游览巴黎全城主要景点。金星说，这家旅游公司总经理看了我们演出后很感动，是他主动提出来免费带大家游览的。看来，金星的舞蹈，不但感动了上帝，同时也感动了尊敬艺术的巴黎人。

如何评价金星在巴黎的六场演出，我已不必多言。只要看一看巴黎各大报纸连续对金星现代舞演出盛况的报道和高度评价，就能够感受到这六场演出不同凡响的分量。能够在巴黎著名剧场连续演出六场现代舞，而且场场满座，这在巴黎是不多见的。

是什么打动了巴黎观众的心？我想，除了金星本人的魅力外，金星创作的富有自己特色的现代舞本身的艺术价值，是赢得巴黎观众心的真正原因所在。

连续六天紧张的演出，金星舞蹈团在超负荷运转。面对场场满座的观众的热情，演员们似乎也演疯了！他们对每一个细节，都有着独到的表现。疲惫是暂时的，只要观众需要，就要拿出最好的。

而金星的负荷量相对要大一些。她主演四个剧目，其中《上海探戈》和《半梦》相对演出时间要长些，运动强度和节奏感要大一些。但辛苦终有回报。她所编排的现代舞能赢得观众和媒体的青睐，这对金星来说比什么都重要。

六场关键性的演出，在巴黎创造了奇迹。它是轰动性的，不但

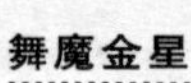

震动了巴黎，同时也引起了欧洲其他许多国家的关注。来找金星洽谈演出的国家一时间多了起来。但金星要等到与现在的演出商合同期满，才能有更多新的安排。

当巴黎最后一场演出结束后，金星长长地舒了一口气。她对我们说，完成了巴黎主场演出任务，剩余的五场演出就不存在什么负担了。

是的，余下的五场演出，分布在四座城市，除了在波尔多要连续演出两场外，剩余的三场分别在三座城市。金星感到精神轻松多了。好运气始终在光顾着金星。金星对事物的判断是非常准确的，仿佛她的身后真有什么庇护神在保佑着她。

金星相信天意，天若不助你，你是很难凭借自身的能力获得成功的。当然，天要助你，也是有条件的，那就是你自身必须先要付出艰辛的代价，付出双倍的努力！有了这个前提，好运气才会光顾你、青睐你。如果我们要用一句话对金星在巴黎的六场精彩演出做出总结的话，那就是——勇者必胜！

朝拜巴黎圣母院

休整这一天的早晨，一家观看了金星舞蹈的旅游公司主动要求派一辆漂亮的豪华大巴士免费载着金星舞蹈团……

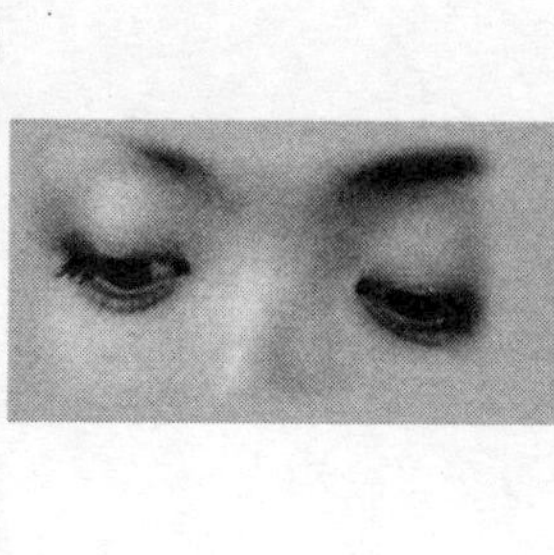

休整这一天的早晨，一家观看了金星舞蹈的旅游公司主动要求派一辆漂亮的豪华大巴士免费载着金星舞蹈团全体成员沿着巴黎主要街道游览。今天游览的重点是巴黎圣母院。很多人知道巴黎圣母院，也许是因为雨果的名著使这座圣母院闻名于世。

大巴士在巴黎城街道行驶着。巴黎沿街的建筑物基本上没有什么大的差别，教堂式的建筑风格，外表统一保持着灰色石头的本色。巴黎是一座原色的石头城池，从外观上看不出华丽的色彩。但它质朴的自然原色，使人看了很舒服。它有一种含蓄的美，庄严的美。

街道行人不多，开门经营的商店节奏也是不紧不慢的。店主们好像不在乎要赚多少钱，好像习惯了懒散的做生意方式，保持一种宁静也许更符合他们的心态。这也是一座城市人少的缘故。人气不足，热闹不起来，这倒为我们开阔了视野。

我想起在上海南京路，每逢过节或周末，人山人海，哪有心思看风景，那是看热闹的地方。在这里就不同，如果你有时间，可以慢慢沿街边走边欣赏，没有多少人与你争观风景，这是非常惬意的欣赏艺术的地方。

沿街我们看到了一些公园，完全是敞开式的，没有任何栅栏和围墙。公园景观很特别，粗壮参天的古树较普遍，一派古朴原始的风貌，生态保护得好，自然气息浓厚，给人的印象是自然天成的，很少见到人为的痕迹。由于是冬季，许多树落光了叶子，只挺着遒劲的枝干，静默地立在那里。没有了绿意，公园几乎没有人停留。这时，它反倒呈现出一种孤独的静美。我见到此景，若有所思，但坐在行进的车上,没有办法下去仔细品味欣赏。不然,我倒是喜欢去那没有人的公园里漫游一圈,感受一下孤独寂寞的滋味。

巴士在城区穿行约二十分钟,在距离巴黎圣母院三百米的道路上停下来。导游沙丽小姐告诉我们,巴士不能停靠在圣母院的边上,这一段距离得步行前去。

我们下了车,绕过几条街,便远远看见高耸的巴黎圣母院屋顶。圣母院坐落在美丽的塞纳河边,静静的塞纳河水,写着巴黎圣母院的历史。这段环绕着圣母院的塞纳河没有多宽,河水也不怎么清澈,似有股凝重的古气息。而矗立在它身边的巴黎圣母院,则显得庄严肃穆,像一座大型城堡。站在圣母院前,仰望那冷寂了几个世纪的穹顶,我想起了那个面貌丑陋而心地善良的敲钟人。这虽然是雨果笔下塑造的人物,但他却给圣母院披上了一层神秘的色彩。不知怎么,我眼望着穹顶上的楼阁,仿佛看见敲钟人的影子。

圣母院外面的广场不像电影拍摄的那样宽广,圣母院也不是我们想像的那样博大。但进了圣母院里面,它那圆弧状深邃的穹顶和四周栩栩如生的神像雕塑,仿佛让你置身到了一个遥远的世纪。里面光线昏暗,摇曳的烛光,辉映着神像安详的幽影。祷告的人们默然无声地在圣母院有限的空间里走动着。一切都是那么宁静、庄重。这超乎我们想像的巴黎圣母院,像一个站立在西风中老朽的人,让你面对它而沉思。雨果笔下虚拟的丑陋敲钟人已不复存在,只有那盘坐神位上的威严圣母,在平静地向你说着什么。

这就是巴黎圣母院给我的初步印象。它的确像一座旧城堡一样,只是在气势上比一般的教堂要大一些。而令我生奇的是圣母院内部静谧的空间和深邃的圆弧状穹顶,即使在教堂内,你仰视也能看得很远。这是欧洲人营造的天堂意境,很多寓意也许就凝聚在那穹顶上。这使我想起欧洲人深陷的眼眶与这寓意深远的穹顶十分相似。一方水土造就一方人,每个民族的居住环境与他们身体的基本特征多少是有着相同之处的。

从巴黎圣母院出来，走过塞纳河上的石头桥，我扶着桥栏，望着远去的流水，不觉思绪万千。历史沉寂了，记载历史的文字也在那一页页发黄的纸上永远地睡去了。只有环绕着巴黎圣母院的塞纳河流水，保留着往昔鲜活的记忆。

天空吹来了阵阵寒风。也许是季节的关系，阴沉的天气和冷风，使我们产生怀旧的思绪。我不禁回望了一眼巴黎圣母院，这个凛冽寒风中的“老者”，满怀着回忆，在默默目送着我们。这是我心里的感觉。我们要真正理解一个民族的历史，就要从他的沧桑感中深入进去。当你悟到了其中某一点，并与你的灵魂发生撞击，这才是我们有所收获的时候。

游览完巴黎圣母院，天色渐渐暗淡下来。巴士载着我们，路过罗浮宫，途经巴黎铁塔、拿破仑灵柩寝宫，穿越凯旋门。金星一再强调，到巴黎，一定要去罗浮宫，而且要准备两天时间去慢慢欣赏才有味道。因而，我对罗浮宫特别留意。罗浮宫外观呈长方形，但只有三个外边，中间还有一座与两边建筑相连的宫殿。外观依然是灰色石头城堡样的形状，气势恢弘，古朴肃穆。在我的眼里，它像个魔方，好像有许多古老的神秘物隐藏在那里。

而巴黎铁塔则充满着现代气息。矗立云端的姿态，秀丽、挺拔。像摩天的巨人，带动着巴黎城的生气！据说当初要在巴黎城建造铁塔时，曾遭到许多保守者的反对。他们认为钢铁结构缺乏美感，与自然风貌的石头城池不协调，没有艺术感。后来建造成功，人们才逐渐认识了它的价值。传统的美被打破了，现代的美才会出现。铁塔让我们看见了真正美的价值，它打破了巴黎传统建筑特色，成为巴黎城市的标志。

凯旋门的设计也颇有讲究。你如果站在香榭丽舍大街去眺望它，它好像是矗立在天的尽头，蓝天白云映衬在它身后，它就像一个威武的巨人静立在那里，形象十分干净明亮！而且从几处街道的岔口，都能望见它不同形状的英姿。这是捍卫正义的英雄们凯

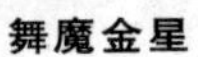

旋的地方,它的每一处雕塑,都活现了英雄的尊严。从凯旋门下走过,你在心里会生起崇敬之情,也会添一份英雄的精神气质。

一天游览下来,余兴犹存。夜晚睡在床上,白天几处景点还一一在我的脑海里浮现。历史沉积的东西,不是见一面就能领悟透彻的,它需要反复回味、琢磨,就像炖骨头汤,熬得越久,味道越淳厚。

我在心里计划去罗浮宫,那是一个迷人的去处。我从它的外观感觉到某种古怪的东西。这是我的直觉。那灰色的石头构筑起的庞大建筑群,能引起世界的瞩目,它内部的魔力何在?金星是非常推崇罗浮宫艺术的。我从金星的现代舞取材和布景搭配,看出了欧洲文化的某种玄机。

金星大部分舞蹈的背景是灰暗的,她没有采用任何华丽的灯光来抓观众的视觉。她要的是一种感觉、一种原生状态的单色感觉。金星的舞蹈内容充满了人性化情感的东西,是让灵魂出窍、与你的第六感官对话的东西。所以,金星选择的舞台灯光,适合幽灵的出现,这也是能紧逼人心的神秘手段。

欧洲的建筑是不是也内含着这样一种玄机?我有这样的感觉,他们的石头城池是包裹着人性灵魂的城池。假如你在深夜漫游街头,也许能够感觉到许多走出城池的灵魂,在无声无息地从你面前走过。

情洒波尔多

春节前夕，金星舞蹈团要去法国南方城市波尔多演出两场现代舞。听金星说波尔多很美，地处法国南方……

春节前夕，金星舞蹈团要去法国南方城市波尔多演出两场现代舞。听金星说波尔多很美，地处法国南方，气候宜人，是一座美丽宁静的小城。金星走铁路，舞蹈团其他人员乘坐豪华大巴士前往波尔多。乘坐大巴士，行程六百多公里，穿越法国大片田园，一路风光可够欣赏的。我满怀兴致，要好好过一过坐大巴士游览田园风光的瘾。

豪华大巴士，底盘厚重，行驶平稳，两侧窗户宽敞明亮，浏览风光非常惬意。一望无垠的田园，绿色的麦苗把你的视线引向遥远的地方。都是平原，土地肥沃，难怪法国面包种类繁多，他们可称得上是小麦之乡。我所看见的都是麦田、麦田，连田园中间的树丛，也是矮矮的、杂乱而没有经过人工修剪的。法国人讲究自然，散漫成性，连植物的生长也跟人的个性一样。

乘坐大巴士有个好处，中途可以停留十多分钟。行到一半，巴士在一个加油站停了下来。司机摆手势，意思是让大家下车去方便、透一透空气。

我迫不及待地下了车。哦，呼吸一口田野的空气，可真是新鲜啊！凉爽的风从碧绿的麦苗上吹拂过来，没有尘埃的空气，清新得像一下子要钻进你的肺腑里去。法国什么最贵重？依我看，就是从这田野里吹来的鲜美的空气。

欧洲的自然环境保护得好，人的肺自然也就干净。新鲜氧气吸得多，体格就强壮。不过，他们的优势还在于人口少，可利用的土地资源丰富。我们走了一半路程，没有见到几处有人烟。即使有农庄，也是小片的，静静卧在田园深处，仍然没见着几个

人出来劳作。

人少,就显得清净。连树林里的落叶也感到百般无聊,枯萎地躺在那里没有人管。呈现在你面前的一切都是原生态的,看久了,你也会跟着寂寞,打不起精神来。人的情绪就是这样矛盾,人多,嫌嘈杂;人少,又嫌孤独。什么事物看久了,都没有新鲜感,内心就开始生怨了。但初次在法国田野间停留,感受到空气是如何的鲜美,你在心里会情不自禁地感叹:纯自然的资源,真美!

我们一路行程六个多小时,下午两点驶进了波尔多。波尔多是一座古色古香的小城。街面不宽,有几条街道上还保留着过去的有轨电车的铁轨。城里的人很稀少,城市建筑全部保持着18世纪的模样,像油画里画的那样。城市中心布局,像是用刀切出来的豆腐块,四四方方的,十分规矩。街道两边的楼房,四五层高,门面装潢同样古气十足。走在清洁的街道上,没有一点压抑感,心情舒适,有一种走进罗浮宫某一幅油画里的感觉。

波尔多人的面孔是和善的,带着法国南方气候的暖意。这里很少见到其他国家的人。因而,我们的到来,使他们感到新鲜。当你与波尔多人迎面走过,他们会友善地面带微笑,和你打个热情的招呼。这是法国南方的小城,淳朴的人们安居在这一方宁静的水土,生活里没有多少波折,留给我们更多的感觉是一股暖暖的温馨洋溢在心房。

我们住进一家三星级酒店,这里酒店的服务也是最好的。服务人员的微笑始终挂在脸上,他们好像从来不知道什么是烦恼,似乎工作是最愉快的事情。酒店比我们在巴黎居住的要美丽得多,里面的装饰古朴富丽,干净整洁,像是到了家。演员们刚安顿好,随便吃了点自带的面包,便到剧院练功去了。

我没有带什么方便餐,于是抽空出去找点吃的东西。西餐是没有什么味道的,各种风味的面包也吃够了。我在街上溜达一圈,找了一家挂有中国饭店牌子的餐馆走了进去。这是一家小型的酒

店。酒店没有一个客人，装潢得很漂亮，老板娘长相看着像中国人，可是我用中文与她说话，她却听不懂。我只好拿着写着中国字的菜谱，点了一个汤菜和一份米饭。不出五分钟，饭菜端在我的面前。汤菜是中国味道，烧得很鲜美。桌上还有辣椒酱，我舀了一小勺放进汤里，味道更好。

我慢慢享用着，又一边思考：这个老板娘是不会讲中国话还是不愿意说？如果不会，这中国招牌和中国字菜谱她怎么会写？我不明白这里面的奥妙，也不知道她的用意何在？总之，我想着她是中国人也好，不是也罢，能不远万里来到这美丽的小城开一家中国饭店，实在不容易。饭店虽小，但它在传播着中国的饮食文化。能在波尔多小城吃上中国风味的饭菜，让人备感亲切。

用完餐走出店，我仍然恋恋不舍回头望了一眼这家中国饭店。它镶嵌在古老的波尔多城，是那样宁静、美好。

回到剧院，老邵说金星在到处找我。我以为有什么特殊的事，后来见到金星，才知道她刚才有空闲，想找我聊一聊。于是，借金星化妆的时间，我和她聊了一会巴黎六天演出的感受。

金星说，昨晚与儿子通电话，嘟嘟还真像个大人样，他说："大小姐，我今天不舒服，别打扰我了，让阿姨和你说话……"金星说到这，忍不住笑了起来。儿子的一言一行，在金星眼里每天都有新的发现。她对孩子的呵护，发自于内心的那种细腻的母爱之情，总是像她心爱的舞蹈艺术一样，毫无遮掩地向你表露出来。母爱表现在金星身上，非常特别。我为之感到惊讶，金星对孩子所表现出的关爱，往往超出了一般母亲对孩子的迷恋程度。孩子是她的天使，她生命的另一半。

拥有孩子的女人，是幸福的女人。金星对孩子的爱与她对艺术的执著追求是一致的。孩子是她的艺术灵感，孩子是她另一种生命的延续。

接着，金星对我说，巴黎六场演出完后，还有不少人打电话到

剧院问金星还有没有演出，他们要订票观看。这使演出经纪公司很后悔，他们当初应该在巴黎连续演出两个星期才合算。演出效果这样好，连金星也感到意外。金星没想到自己的现代舞在巴黎这样有市场。

的确，这次演出，巴黎方面的经纪公司请了巴黎一流的策划人、一流的编导，进行地毯式的宣传，加上金星现代舞蹈精品自身的艺术魔力，非常成功。但演出公司的经营却是三流水平，他们低估了金星在欧洲的影响力，在巴黎的六场演出，远远没有达到观众的需求，这使演出公司大为后悔，他们想把与金星签订的合同延长到2006年。金星没有答应。金星说，要想延长合同，里面的条款就要改动，不能按老合同签。

金星在与外国人的谈判上，是寸步不让的。艺术本身的价值应该体现在经营的过程中。价值一旦被挖掘出来，原来固定的法则就必须改变。金星知道自己的艺术价值，因此，在与对方的合作上，她是不会做出有损自己艺术价值的事情来的。

我佩服金星的经营才华。在舞蹈艺术上，她的创意是非凡的；在事业经营上，她的智慧同样是非凡的。就是在国外，她也敢跟外国人叫板，显示出中国艺术家的骨气。她没有一点媚俗，哪怕是这次所带领的舞蹈团不能站在欧洲舞台上演出，她也决不向演出商提出的苛刻条件屈服。这就是我看到的真实的金星——一个充满人格魅力的金星！

这次金星来小城波尔多只演两场。金星说，这两场应该是比较轻松的演出。但波尔多人这样稀少，古老的大剧院能来那么多观众吗？我带着这样的担心走进剧场。望了一眼源源不断入场的人流，我知道担心是多余的。临开场前十分钟，观众已经满场了。

兴奋，依然是高度的兴奋！每一个节目演完后的掌声都是这样的强烈！当全部剧目结束后，金星穿着一身中国旗袍谢幕，她迈

着优雅的脚步，走向舞台前方时，全场沸腾了！

坐在前排的几个波尔多少女兴奋地站起来，拍手呼叫。波尔多人的热情，持续了很长一段时间。看到眼前的情景，我的眼睛湿润了。不知怎么，每次到节目结束，被这样如潮水般的掌声所包围，我的心情都会为之激动万分。真不容易啊！一个自主经营的私人舞蹈团，能使艺术修养很高的欧洲人折服，而且是连续多次获得了狂热的赞誉，这是真实的，没有丝毫夸张的色彩。

其实，单单金星上台谢幕的姿势，就非常迷人！剧团经理老邵过去也是某军区的舞蹈演员，他说自己特别欣赏金星上台谢幕的姿态：高贵、优雅，风度不凡！

老邵的话不过分。金星上台谢幕的姿态和一般演员不同。她的步子轻快，腰肢挺直，没有任何扭捏造作，神态平静祥和，目光始终平视着前方。她仿佛浑身散发出一种格外吸引人的光辉，似有黑色的魅力放射出来，立刻会成为别人眼中的焦点。这跟金星鲜明的个性是一致的。

深夜的波尔多，街上难见到一个行人。天空飘洒着蒙蒙细雨，但几乎感觉不出雨意。我和杨鸣、大关、董明霞漫步在波尔多街头，这充满诗意的夜晚，你是不会有睡意的。眼望四处街巷，空静无人。走在古老的石板街面上，感觉被岁月磨蚀的路面的记忆，那延伸在遥远岁月深处的街巷、昏暗的路灯，使你仿佛看见雨幕深处记忆的影子在忽隐忽现地飘动。

我感到这座小城寂静得非常有味道，这是一种安详的宁静，我很想看见有一只猫的影子从街巷穿过，可是没有。四周是梦的影子在游动，一切静谧得有点奇怪，真是别有一番怀古的滋味涌上心头。

这时，我们与金星相遇了。她和几个外国朋友，还有老邵，要去酒吧喝葡萄酒。波尔多的葡萄酒闻名于世，但我和几位女士都不善饮酒，因而，当金星邀我们一起去时，我们却以不胜酒力推托

了。这件事现在想起来很后悔，我失去了一次与金星对饮葡萄酒的机会，更重要的是，我能了解到生活中醉酒的金星会是什么样子。金星曾出色地演过《贵妃醉“久”》，我想，生活里金星醉酒的风韵可能更有魅力吧！而且，我们还可以听到以酒助兴的高谈阔论，想必又会有许多惊人的妙语打动我们的心弦。

那一夜，他们喝到很晚才回到酒店。和我同住一个房间的男演员王涛也和金星在一起饮酒。王涛酒量大，每晚他至少要喝一瓶葡萄酒。听王涛说，他们和金姐一起喝得很惬意，波尔多的葡萄酒名不虚传，是真正的好酒。

第二天早晨，我见到金星，她的精神不是很好，神情有些疲倦。金星说她昨天一晚上没有睡好觉，儿子嘟嘟生病转成肺炎，住进医院。金星说：“现在没法，又回不去，只好听天由命。真是后悔没有把嘟嘟带上。母亲年龄大了，让她管三个孩子，是很吃力的。唉，母亲都是为我好，不让我带嘟嘟来欧洲巡演，怕影响我的工作。她不知道，嘟嘟这一住院，对我的影响同样不小。”

金星叹息着说：“当了母亲，责任的压力无形之中就冲着你来了。”我们安慰她说，小儿肺炎是常见病，不用担心，住几天院就会好的。金星说：“哪能不担心啊，嘟嘟的一切连着我的心呢。由他去吧，儿子的命大，他既然随了我，就该有庇护神保佑他的。”

金星是放得开的人。儿子住院，并没有影响她的兴致。吃完早饭，她继续带着大关上街挑选衣服。

金星一走上街头，立刻被一群波尔多少女认出来了。这群披着栗色卷发的美丽的波尔多少女，把金星围在中间，让金星签名留念。金星微笑着为她们一一签名，并与她们合影。美丽的波尔多少女纯情活泼，她们拿到金星的签名，兴奋得像阳光一样灿烂。

我留心观察过，波尔多少女的美与巴黎人的美是有区别的。她们的丽质是天然的，不加修饰的。纯善的心灵，朴素的衣着，和这淳朴的小城是一致的。她们的眼睛亮而有神，神态恬静自

然。丰满的身姿，白里泛着桃红的健康容颜，这是一群走在田园里的仙女，像我们在油画里见到的那样。她们春天般的活力与金星的明星风度相互辉映，给清晨的波尔多增添了一道亮丽的风景。

转了几家商店后，我和老邵、董明霞、杨鸣等人与金星她们走散了。看不见金星的影子，我们便逛到另一个街道。杨鸣要懂行情的老邵替她给老公挑一件皮衣，老邵很乐意地答应了。我们走进一家皮衣店，里面的店员热情接待了我们。当得知我们是昨晚在剧院演出的金星舞蹈团的工作人员后，她们高兴地向我们竖起大拇指，然后一件一件把皮衣拿出来让我们挑选。最后生意没有做成，但几位店员还是面带笑容把我们送出店门。

肢体语言拉近了不同民族之间的心灵距离，金星狂舞的旋风使平静的波尔多小城比往常活跃了许多。下午，来剧院门口购票的人络绎不绝，以致开场演出又往后延长了十分钟。

波尔多小城就这么一所剧院，古典得很。法国剧院的建筑大多是这样，它要为你酿造一种典雅的艺术氛围，这与欣赏戏剧的心理是一致的。我喜欢这样的看戏氛围，它能使你的心安静下来，把心思全部投入到舞台上去。

今晚是金星现代舞蹈团在波尔多的最后一场演出，也是中国传统节日春节的年三十。演出完我们要连夜赶回巴黎，年三十就要在回巴黎的路途中度过。所以，今晚是个特殊的日子，一是要离开波尔多小城，二是要在大巴士上过年三十，我们的心情既有节日喜气，又有一番依依惜别之情。

今夜的演出好像与以往不同，演员们的表演放得很开，每一个剧目演绎得都非常好。当金星表演完《红葡萄酒》时，波尔多人似乎也醉了。波尔多是盛产红葡萄酒的故乡，他们最能感受到《红葡萄酒》里醉酒的滋味。今夜我看这出表演时也和波尔多人一样，沉醉在金星酿造的《红葡萄酒》醉意中。

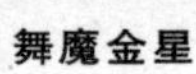

演出结束了。热情的波尔多人也知道金星舞蹈团今晚要辞别波尔多城，他们全都站了起来，以最热烈的欢呼声和掌声，表示对金星舞蹈艺术的尊敬。热烈的情绪持续了十多分钟，我再一次被感动了。站在欢呼的人流中，我流下了激动的泪水。这是难忘的一刻，是波尔多给我们最美好的祝福。

金星要在波尔多留一天，她要与翻译她自传的外国朋友商量书稿方面的事情。金星的自传先要在法国推出，她要亲自审译英文译稿。汉译英是一个难度高的工作，所以金星请了外国的汉学家翻译自传。翻译工作已经进行了近一年的时间，虽然进度很慢，但翻译的质量金星是满意的。金星在舞蹈上追求质量，在出书上面同样认真，这是她对事业和工作的态度。

夜色沉静。我们乘坐的大巴士缓缓驶出波尔多小城，美丽的小城安静地目送着我们。今夜波尔多小城的街灯好像特别明亮，它们被金星舞蹈艺术激动着的情绪还没有消退，它好像要留住我们似的，在每一个街道的拐弯处，都有许多无形的手在朝我们挥舞、送别。

别了，波尔多！你是我见过的最让人心动的小城。人们的面容是那样的祥和、平静、美丽。朴素的心态，谦恭的神情，洋溢着普通平等的人情美，深深印在我的心中。波尔多，让我们记住这座美丽小城的名字。

巴士渐渐离开了波尔多，我们行驶在返回巴黎的高速公路上。这是大年三十，我们只有拿出各自买的点心，庆祝自己的传统佳节。演员们喝着红葡萄酒，不停地唱着欢快的歌。巴士的空间几乎也疯狂了！演员们相互开玩笑，一直热闹了两个多小时，然后才一一睡去。

我被他们的激情感染着，睡意蒙眬上来，我想起遥远的家，想起年三十一家人团团圆圆看春节联欢晚会。这时候家的概念、思乡的情感，便像红葡萄酒的醉意，愈加浓郁起来。今夜在异国他乡

的大巴士过年三十，虽然比不上在家里热闹，但是却令人难忘。

命运就是这样，风云变幻莫测，如果没有给金星整理自传的机遇，恐怕这一辈子也不会过这样的年三十。这真值得珍惜、值得纪念。

在『赤隆克』过年

大年初一晚上，金星舞蹈团集中在一家中国人开的餐厅"赤隆克"里过年。饭店老板娘李晓燕，三十五六岁……

大年初一晚上，金星舞蹈团集中在一家中国人开的餐厅“赤隆克”里过年。饭店老板娘李晓燕，三十五六岁，温州人，是十年前来法国打工的。她曾经做过缝纫工，后来认识了现在开饭店的老公，便合在一起经营饭店生意。他们先后开过两家餐馆，又相继卖掉，最后搬迁到巴黎城边缘地带，买下了这家店铺，把它改建装修成一家中国饭店。

饭店总面积约一百八十平方米，分三层，上层是生活起居室，中层和底层是营业餐厅。李晓燕的饭店依然供奉着财神爷，保持着中国古老的风俗习惯。餐厅装修是中国风格，墙上挂着象征富贵的牡丹和孔雀图，温馨雅致。

李晓燕有三个儿子，最大一个才读初中一年级。他们已经加入法国国籍，所以，孩子的福利待遇好，每学期三个孩子分别有两千欧元的补助，而且学费是全免的。孩子读书很轻松，没有家庭作业，除了周六和周日休息一天半时间外，每周三还要休息一天。

我听她这样介绍，觉得这里孩子的童年真是过得美死啦！三个儿子长得胖乎乎的，没有一个是近视。中法两个不同的国家，教育方法和原则有着明显的差异。相比而言，我们的孩子过得太累，家长也累。成绩要上去，有做不完的家庭作业，经常熬到深夜，孩子精神状况就不好。我女儿说她上课一到下午就打瞌睡，她就用自己的手掐胳臂上的肉，时间久了，被掐的地方始终是青的。我听女儿这样说，很心疼，现在给学生减负是形式上的，实质上的压力不但没有减，反而增加了不少。应试教育法则不改，我看这负担是永远减不了的。

在异国他乡看见同样大的儿童这般无忧无虑，我想起自己的孩子。无奈地感慨一阵，我决定回国后先在家庭给孩子减负，不再要求她们考试成绩如何，把她们的健康和品质教育放在首位。

李晓燕对目前的生活状况很满意。有三个小老虎样健康的儿子，生活上不需要花费多少，有福利保障供他们读完高中，所以，心情格外好。她的家当是自己的，一百八十平方米的房子，按巴黎最低房价每平方六千欧元计算，也值一百多万欧元呢。她的饭店原来的名字叫“东风”，后来请老家的风水先生测算，改成现在的名字，是吉祥富贵的意思。但我觉得还是“东风”容易记一些，虽然这个名字在国内陈旧了一点，可是挂在国外作招牌，却很醒目，有一种亲切感。

自从李晓燕一家在巴黎看过金星演出后，她对我们越发热情起来。李晓燕说，金星真不简单，敢带队伍到法国演出，法国人眼光是非常挑剔的，能抓住他们的心是非常了不起的一件事！

李晓燕虽然读书不多，但她明白道理，没有忘记自己的根在哪里，不像有的中国人，为了表明自己身在外国，尽用洋文与你说话。我们曾在巴黎赌场剧院附近一家中国人开的餐馆吃饭，老板的态度就很差。你要的菜少，他就故意用另样的眼光看你、挖苦你。他看不起中国人。当然，我们临走时扔给他一句话——你还是中国人吗？他这才脸红，像只吓傻的公鸡呆在那里。

在“赤隆克”过年有一种到家的感觉。夜晚八点钟，舞蹈团的人到齐了。金星换上一身节日的盛装，拎着几大瓶葡萄酒和洋酒，带着巴斯卡来到“赤隆克”。金星说巴斯卡喜欢吃中国餐，喜欢过中国年。巴斯卡很憨厚，但也不乏幽默，吃饭的时候，也会说几句诙谐的话来调和会餐的气氛。

李晓燕夫妇为我们这顿年夜饭花了不少精力。每份菜都是用特大盘子盛上来的，鸡鸭鱼肉摆满了桌面，还特意做了一样中国风味的凉拌大餐。烧得最有味道的是一盆红烧猪蹄，肉炖出了味道，

在中国餐馆“赤隆克”过春节　（摄影：洪南丽）

香糯可口。李晓燕的丈夫说这道菜是他花了一个下午的时间用慢火熬出来的。慢功出细活，大家都争着品尝这道菜。金星看巴斯卡很喜欢吃这道菜，但又不好意思多吃，于是就不时地拿筷子把红烧猪蹄往巴斯卡碗里夹。从这个夹菜的细节，可以看出金星对巴斯卡体贴入微的感情。

金星曾经说过这样一段话：“我宁可只要一部分男人喜欢我，那些真正喜欢我的男人喜欢我就行了。但是做完手术后，会不会真的那样我也不知道。我并不是为了男人去做这个手术的。首先，并不是为了哪个男人的爱。现在人们最关心的就是我以后会不会生孩子？会不会嫁人？嫁给什么样的人？如果我为了嫁给哪个人、为了结婚、为了生孩子做这种事情，那我的代价就太大了。对婚姻、爱情，我不过多奢望。我见过太多，知道的太多，我知道自

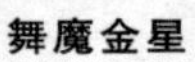

己是生活在什么状态下的人。中国的男人不大会娶我的,很多外国男人对我感兴趣,是我的个性、气质吸引了他们。与我接近的男人中有猎奇的、有想利用我的,也有真正爱我的……"

的确,在巴黎的几场演出,巴斯卡几乎是跟随在金星身边的。巴斯卡崇拜金星的艺术,爱金星的气质,他对金星的关爱体现在每一处生活的细节中。他为金星揉脚、按摩,把金星视为圣女一般。这个多情的意大利男人,除了能真正认识金星本身的艺术价值外,在情感上所表现出的对金星的痴情,是非常真挚的。

金星说,巴斯卡每次到上海,家里的三个孩子跟他亲得不得了。他会像孩子一样趴在地毯上,给孩子们当马骑。我听到这里,内心着实很感动。能像这样爱护孩子的外国人,或许连我们中国人也不是很多。金星看中巴斯卡,除了他的善良和对自己的真爱以外,还有一个重要因素,就是对她抚养的三个孩子好。巴斯卡做到了这一点,而且做得非常到位、非常出色!

会餐过半,演员们开始热闹起来。大家轮流表演节目,增加过节的气氛。董明霞是上海歌剧院著名女高音歌唱家,我们都想听听她的歌声。这个东北姑娘长得小巧玲珑,没有想到一亮开歌喉,一曲《茶花女》竟然如此美妙动听!她的歌声甜润柔美,音域宽广亮丽,不用音乐伴奏,清唱也格外动人心魄!董明霞的歌声,使我对唱美声的人有了新的认识。以往,总认为能把美声唱好的人,一定长得非常强壮,女人的胸部要格外丰满,这样底气才充足。但听了董明霞的歌,令我大为震惊。看来,唱歌是有天赋的,并不是长得富态的人才能唱出圆润的美声歌曲。

董明霞一曲歌毕,我提议请金星唱一支歌。演员们不知道金星还有唱歌的才华。我之所以这样提议,因为我听过金星在法国录制的一首主打歌,那是我在给她整理自传的时候,一次偶然的机会,在金星的甲壳虫轿车里听见她在法国刚灌录好的第一首英文歌。当时我有点不相信自己的耳朵,没有想到金星的歌声与她的

舞蹈一样有魅力！她演唱的是首通俗歌曲，声音带有磁性，一种特有的中性音色，柔润、畅美，别有一番摄人魂魄的风情。金星说她那一段时间正在法国灌录唱片，明年先在欧洲推出，后年打入中国市场。我也在为她预言：金星的唱片一旦在国内推出，一定会像她当年开创的现代舞一样，引起广泛关注的。

金星为我们清唱了一支意大利民歌。她唱的声音很轻柔、自然，姿态是那样地娇羞、妩媚动人，犹如夜莺在歌唱。这是我的感觉，我想，在座的每一个人都感受到了这一点。这是首意大利情歌，巴斯卡是意大利人，这首歌也表露了金星对巴斯卡的爱。我看见金星在唱这首歌的时候，巴斯卡用一往情深的目光凝视着金星。

金星曾经说在意大利电视台工作时，里面有一个电视节目主持人，做了变性手术之后非常漂亮，她的声音很磁性、很有魅力，她把女人的感觉把握得特别好，比一般的女人都好，因为她知道男人希望看到什么样的女人。

也许是这磁性的声音引发了金星做个完全女人的梦想，如今，她把磁性的声音带到自己的歌唱事业中来。这只是开始，一个对新音乐世界解析的开始，她会像编导精美的现代舞那样打造自己的每一首歌曲。也许将来金星的唱片开始风靡世界的时候，我们再回首这个细节，那么，一切是不是都在预言中呢？我相信，那已不遥远。

节目一个一个进行下去。平时看演员们表演节目，这回演员要看我们这些随行的工作人员表演节目。没有办法，为了大家开心热闹，我被迫表演了一段《小岛》的造型；老邵也来了一段舞蹈动作；洪南丽过去是体操队员，也给大家做了几个规范的体操动作。最有看头的是大关、董明霞、洪南丽为大家表演的一段幽默的《四喜》片段，那头摆得有模有样，天真可爱极啦。金星调侃说：“看来我们的现代舞后继有人啦！”化妆师杨鸣爱面子，怎么动员她，也不肯与她们一道表演《四喜》。她躲在一边，像一个害羞的小姑娘。

这顿年夜饭吃得过瘾,玩得开心。紧张了十余天,满怀着胜利的喜悦放松一下,真是快乐！李晓燕夫妇见我们这样热闹,也时不时走下来,加入到我们的联欢队伍中来。他们久居异国他乡,很少见到家里来这么多自己的同胞,所以心情格外好。我能理解他们的心情。远在他乡,无论物质条件多么好,心灵的寂寞,思乡的情结,是任何富裕化解不了的。

夜深了,金星和巴斯卡先回家了。演员们年轻,余兴还未尽,又行起酒令,自由唱歌。有一位年龄最小的男演员,感动得流下眼泪。他说自己从未在过年时离开过家,每次都与母亲一起过年,现在找回了家的感觉,心里很激动。的确,那一晚大家和和睦睦的,在一起非常融洽。只有远离故土的人,才知道"独在异乡为异客,每逢佳节倍思亲"的滋味,才知道同在天涯同胞情的暖意。

回到酒店,我很久没有入睡。家的概念是一个充满诗意的概念,我渐渐明白了金星为什么要把自己的家安在上海。远离了根基,远离了养育你的艺术源泉,你的生活信念和艺术的根会逐渐枯萎的。

金星说:"我是一个跟着感觉走的人,但无论生活怎样改变,我知道自己的根在什么地方。那年,我在上海昆剧团参加排演长达十七个小时的《牡丹亭》之后,上海歌剧院想请我排另一出歌剧,我说我对那出歌剧没感觉,给我多少钱也不排。我想排《杜丽娘》。排《牡丹亭》的时候,整个过程就像给我上了一堂古代汉语课,我突然发现中国的古代文学真是博大精深,太伟大啦！我想用《杜丽娘》借古喻今。"

金星说:"现代舞跟传统舞的风格不一样,我所培训过的演员从前学的都是中国古典舞蹈,很多年形成的风格,要花很大力气才能转过来。技术的问题好解决,教给他们学几个动作不难。但是演员在舞台上,释放的是一种气场。气场找着感觉了,呼吸对了,连身体都会漂亮起来,这才是最重要的。自我意识的开发在中国

太欠缺了,他们从前的演出都像棋子一样摆好了,那是规矩。舞蹈要注入灵魂,没有灵魂就成了道具。”

这就是金星对现代舞的精辟阐述!在她创作的现代舞中,你随时可以捕捉到灵魂的影子,她突现在你眼前的是命运的跳跃。这段话从一个崭新的角度,为我们解说了金星的现代舞为什么那样耐看、耐品味、拥有持久生命力。“连身体都会漂亮起来”,这句话说得多么准确!金星找准了现代舞的气场,这是舞蹈的命脉,切中了舞蹈的命脉,也就抓住了舞蹈的灵魂。金星的舞蹈是有智慧和思想的。她涉猎了不少中外名著,研究了众多世界大师级的舞蹈作品,在这个基础上立足、思考、消化、飞跃!

金星是有灵气的,灵气点燃了金星创作的火花。所以,看她的作品是灵动的、飘逸的。她表现的纯熟的肢体语言,达到了与你心灵交流的效果,这种效果是逼真的。我在剧场观察过,观众们在看金星舞蹈时的表情是非常专注的。在整个表演过程中,你见不到舞台下交头接耳,人们的目光被紧紧牵引住了,几乎没有半点让你放松的时间。因而,金星的舞蹈在巴黎产生的轰动,不是偶然的,也不是因为她特殊的身世,而是艺术产生效果的必然。

金星说:“剧场对我而言就是教堂或庙宇。人们抛开各自的社会地位和身份,到剧场来看一个艺术家营造的氛围,通过一种特别的画面,把其他的东西暂时忘记来跟你对话,达到一种心灵上的沟通,我觉得这是艺术最神奇的地方。”

正是因为金星有这样与人心灵沟通的觉悟,所以,她创造的艺术就格外抓人。她懂得用什么样的肢体语言来打动人们兴奋的神经。在这里,除了炉火纯青的舞蹈技术外,金星紧握心灵的是舞蹈释放的气场!气场本身是无形的,但当通过心灵传达到肢体,并用动感的语言表达出来时,它便成为有形的东西。金星用异常熟练的艺术手法,驾轻就熟,释放了这种绝妙的语言,魔力便随即产生了。

从罗浮宫到塞纳高地

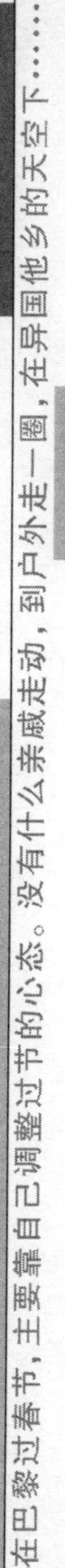

在巴黎过春节，主要靠自己调整过节的心态。没有什么亲戚走动，到户外走一圈，在异国他乡的天空下回想遥远的故乡，家园便变得清晰可爱起来。这时候家的影子，是画在蓝天里硕大白云下面的一幅水墨画，你只管冥想着，就十分美好。

金星过节也没有得到多少休息。在巴黎演出的轰动效应，引起欧洲一些国家的极大关注。他们纷纷来到巴黎与金星接洽，商谈演出事宜。奥地利、荷兰等国的演出公司，提出优厚的条件，邀请金星前去巡回演出。金星在接洽，她要安排好演出的时间，因为和现在的演出公司合作的时间还没有到期，时间上要依次往后安排。

金星对欧洲有一种特殊的感情，她喜欢这里的文化氛围、人文气质。真正深入灵魂的艺术是需要欣赏的，就像现代舞，一般人不一定能看得懂，能看得懂的人，心灵会与舞蹈表演产生互动。我的感受是，现代舞比任何舞蹈都具有内在的表现力，它在挤兑你的灵魂，挖掘你人生深层的东西，你只有一遍遍去反复感悟，才能有所悟。

金星说："我崇尚欧洲的生活。在国外漂泊的这些岁月，我意识到美国为什么那么骄傲、那么霸权，其实，他们骨子里面特别崇尚欧洲文化。我在纽约经常跟一些有钱人接触，发现他们说英文如果能带点法文口音，那是很高级的英文。美国人的骨子里还需要欧洲。为什么欧洲人那么看不起美国人，他们确实有看不起美国人的道理。因为美国人没有文化、没有历史，他们总觉得穿上T恤衫和牛仔裤是最轻松自然的，他们追求一种自然美。这种自然

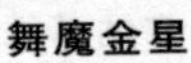

美我承认，但是要分场合的。欧洲人是非常讲究的。你在宴会上就不能穿牛仔裤，女人必须穿晚礼服，这是一个社会文化的象征。”

金星对问题的看法和观点不是凭着主观愿望去评判的，她是经过实践了解后，以独特的思维分析事物之间的差异。好就是好，不好就是不好。金星是不会在好与差的问题上妥协的。

金星的身价在欧洲陡然倍增。照此演出行情发展下去，金星现代舞风靡欧洲，将不是遥远的事。这是我的预言。如果这次不来欧洲作实地了解，我是不敢妄加评论的。一种艺术的形成，一旦进入到高潮期，从某种意义上来讲，其气势会势如破竹。金星这次欧洲巡演带来的十个现代舞，是金星从事现代舞创作的精华。她的创作高潮能维持多久？还有没有更新突破？目前还不好断言。金星说：“我创作每一个现代舞都是需要灵感的。没有灵感，我情愿让创作休息。”

我理解金星的观点，灵感对艺术创作是至关重要的。尤其是十分钟左右的现代舞，要在短短的时间里，囊括一个包含着人性的故事，难度是非常大的。前面我分析过金星创作的九个剧目，除了《半梦》是有色彩背景外，其他的舞蹈背景几乎是灰色的。可见金星的现代舞是不靠背景华丽取胜的，她靠的是灵感点燃的肢体语言和肢体语言演绎的整个内容情节，来达到她的目的。所以，金星的现代舞带着现实生活的飘逸，能深入到你的心髓，它是盗取灵魂光亮的精灵！当你接触过一回，你就不能忘记，你会在孤独的时候，不知不觉走进她施展的魔法中……

春节休息期间，我暂时与金星失去了联系。于是，我用空闲时间去游览了巴黎一些著名的景观。金星说，来巴黎不去罗浮宫等于没有来。是的，当我走进罗浮宫的那一瞬间，我对自己说：“你现在可以忘记一切。”

我之所以对罗浮宫怀有如此崇敬之情，并不是在于它的博大和神秘，而是在于和那些静止的古老的艺术品用心灵默默对话的

时候产生的那种感动。当你站在一尊尊形态逼真的雕塑和一幅幅栩栩如生的人物油画前,你会感到这是在与几个世纪前的艺术家们进行交流,感受着他们用艺术的大手笔描绘出的他们那个时代波澜壮阔的生活画卷、他们想像中的天国。

在这里,有很大一部分雕塑、绘画素材取之于《圣经》,尤其是对天国的勾画和对美神细腻的描画,让我们展开了无比美妙的想像和激动心灵的向往。只有站在这些绘画的真品前,或仰视那些绘制在圆弧穹顶的巨幅天堂油画时,才会产生这样的感动。你会感受到创作这些绘画的伟大的艺术家们当时心灵的渴望和美好的愿望。

当然,我们的心灵视线,透视过这些美好画卷,也看见了几多深沉的哀怨和悲情。因为艺术家们在创造这些精妙绝世的杰作时,他们的内心往往是痛苦的。他们把痛苦化作对理想世界的向往,通过绘画无声地表露出来,经历悠远岁月的磨难,延续到现在,仍然强有力地震撼着你的心灵!因此,这不仅仅是对神的歌颂,更是把心灵的印记烙在绘画艺术中的一种精神。

我看到这种精神的同时,也目睹了另一类现实画卷中表现的历史:善与恶杀戮的惨烈、美与丑争斗的演变。漫游在这样的艺术宫殿里,你时而听到来自天国回荡的钟声,看到扇动着美丽的翅膀来回在天堂与凡间传递着福音的天使们的身影,时而又听见时世惊变的呐喊,看到王国被颠覆的最后悲壮。这整个是用人的灵魂打造的艺术殿堂,所以,你更多感触到的是画卷深处灵魂的呼唤。

从13世纪开始,本来只作为一个存放历史资料的王宫,逐渐演变成一个拥有四十万件艺术珍品的世界级博物馆。这座坚固的石头城堡,为人类遗留下这么一处辉煌的艺术宝藏,这些众多保存完好的艺术真品,让我们看到了欧洲文明的足迹。

罗浮宫的建筑是王宫式的,外观形状像英文字母“A”,更像一

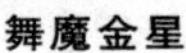

个仰卧在天地间的巨人,这是不是含有某种寓意?它蕴涵着丰富的人性理念,仅从表面,就能让你感受到皇权神圣的尊严。内部森严的宫殿,高大阔气的殿堂,衬托出王者的威仪。如果你从理性的角度去观看陈列在这里的艺术品,它们就复活了,在你的心里演变人性中最有魅力的艺术!

你可以感觉到"蒙娜丽莎"带着微笑从画框里走出来了,你会感受到"伽那的婚宴"的热闹排场,你也会从"普西莎及爱神"那传神的雕塑语言里,听到发自灵魂深处的爱语……一件件令人目不暇接的艺术珍品,让我们流连忘返。

在细细浏览过程中,我始终在思考这样一个问题:西方人的思想和智慧落脚点是在人性的刻画上。因为他们艺术表现的主题是在人物的塑造上,他们把风景绘画列为次等艺术,而人物的绘画则是能登上高雅殿堂的艺术。并且他们是采用经久易存的油彩作画,这跟我们善用水墨作山水画的传统风格截然不同。几百年过去了,他们的油画色彩依然鲜丽夺目,而我们水墨画的色彩却显得黯然失色。

这是事实。在这里,我并没有在他国的绘画面前降低我们的绘画艺术,只是在两种绘画选取的颜料上作一番对比。这是过去两个不同民族在绘画上的处理,一个注重人性的刻画,选用不易褪色的油彩作颜料;另外一个寄情于山水,选用的是容易褪色的水墨作颜料。两种意识和观念延续到今天,我们也许会从中悟到点什么。

从罗浮宫出来,我想起金星的现代舞,想起金星对罗浮宫的极力推崇。这就跟前面所提到的那样,金星到了欧洲,见识了"天外"还有这么一块新奇的艺术天地,觉悟到了一种艺术的文明。见识提高了一个人的认识。

什么叫境界?境界是你充分博览了世界顶尖艺术文化,达到了一种能鉴别艺术的高度之后,所悟到的真知。金星的悟性极高,

她能巧妙地在自己创造的现代舞中嫁接这种艺术的文明，以独特的艺术视角，创造、再创造，使它逐步具有富有人性的表现力。

所以，每当你观看金星的现代舞，总感觉有一种王者的气势，是大手笔创意的人生艺术。并且金星还有一个很多中国艺术家不曾具备的优势，她会四个国家的语言，能直接与这些国度的艺术家进行沟通。她在了解欧洲的人文艺术历史后，更多的时间是在思考，是在做艺术的预谋、超越和征服。

金星说："别人每次说我的作品编得好，我总觉得是自己侥幸蒙上的。我小时候就有很大的野心，但当时称不上是野心，只是一种幻想。幻想比梦想还要远。由幻想变成一种梦想，从梦想变成一种野心，从野心变成一种行动，从行动变为现实。有人给我算过命，说在我生命中只需要两个字：耐心。"

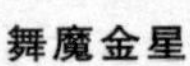

“我是急性子，所以我一直在跟我的急性子作斗争。我自觉天分高，能吃苦。我出生在一个平民的家庭里，所以，我的生活是从最底层开始的。但我的智商、我的天赋、我的各个方面是高的。别人有的是生下来就有，有的是后天生成的，而我把这些都攥在手里。一个人的天数有十二分，我只要努力，都能拿到这十二分。在中国女演员当中我特别有自信的是，除了艺术上的表现力以外，在语言方面，我可以说是特别有优势的。英语、法语、意大利语、韩国语我都能讲。这是我的优势，绝对的语言优势。”

金星由幻想到梦想，由野心到耐心，整个转换过程，奠定了她艺术发展的基础。她拿到了自己十二分的天数，创作了她自由发挥的现代舞，做了她想做的事，并利用外交语言的绝对优势，把自己的舞蹈艺术成功地推向国际舞台。

然而，令我们困惑的是，很多人一提起金星的名字，便把焦点聚在她变性的身世上。他们会付之一笑，用世俗的表情，表示自己无法理解、好奇的心态。每当我向人介绍金星时，只要对方流露出对变性好奇的神情，我便拒绝和他们进一步交流。他们只能看见衣服上纽扣的颜色，而我要告诉他们的是衣服里的血脉和灵魂。

是的，我们还没有学会用智慧的目光去挖掘事物内部有价值的东西。我们急功近利，漂浮于生活表层，累积成一种不变的习惯性思维。我们目光短浅，不能冷静看待事物。我们在蔑视别人，而真正鄙视的是自己。

我们的思想该轻松一下了。从罗浮宫出来，我一路思考了这些问题。上天成就一个艺术家是很不容易的事，我们应该懂得欣赏、尊敬和爱护。

游览罗浮宫的第二天，我们又登上了巴黎城的最高处——塞纳高地。在这里俯瞰巴黎全城，可谓心旷神怡！天气晴朗，拂面而来的春风，仿佛把天空里的白云都吹绿了。不过，这时候的巴黎城

并不是我们想像的那样美,它就像是一片被风化的古堡群,沉浸在古老的阳光下,你几乎找不见它的活力。没有色彩和喧哗,只有沉思和凝重。此刻,你可以尽情站立在高地上,想像世事的沧桑,怅叹过去的岁月。

色彩的感觉

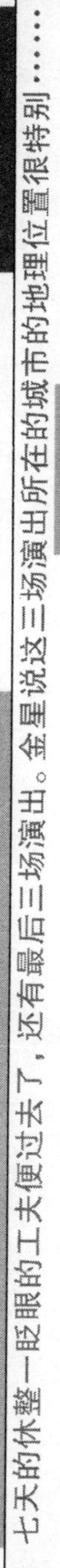

七天的休整一眨眼的工夫便过去了，还有最后三场演出。金星说这三场演出所在的城市的地理位置很特别……

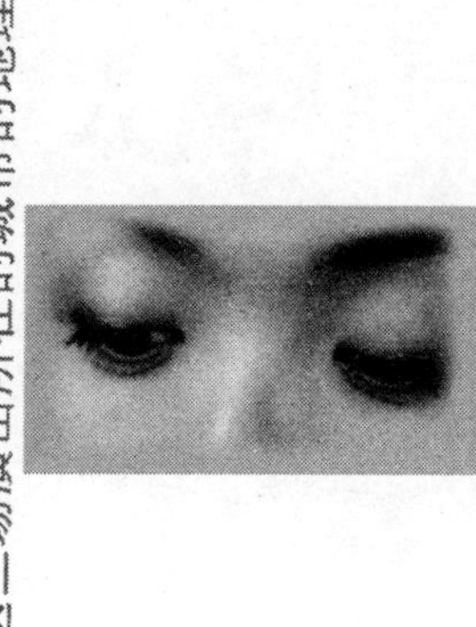

七天的休整一眨眼的工夫便过去了，还有最后三场演出。金星说这三场演出所在城市的地理位置很特别：里尔是一座历史悠久的城市，位于法国北部，距巴黎约一百八十公里，坐 TGV 火车一小时路程就可到达；比利时首都布鲁塞尔距里尔约一百公里；里昂在巴黎东南部。三座城市相隔距离有远有近。里尔离巴黎很近，去演出当天晚上要连夜赶回来。

去里尔这天，天气不是很好。中午十二点，我们乘坐大巴士到了里尔大剧院。这时，天空已经开始飘起小雨。里尔剧院的位置很特别，不在城市中心，而在边缘地带。好在里尔是一座袖珍小城，从剧院徒步上街，只需要十多分钟的时间。

金星比我们后出发，所以我们先行一步抵达目的地，这时离下午练功时间还有四个小时。大家把行李稍作安排，便结队逛街去了。里尔小城不像波尔多那样古气，它的一些建筑显得年轻些。城内众多的大专院校和科研院所云集了各路科技精英，不仅为城市装点了浓厚的文化色彩，更使该城成为欧洲一个重要的商业经济、科学文化乃至通讯信息等高新科技的中心。

里尔城有一条用巨型机器人装饰起来的街道，使小城显现出一种具有现代风格的活气来。在这里，还有一些红墙建筑，教堂的尖顶依然是那样神圣地矗立在空中。

正是进午餐的时间，街上的行人比较少。沿街有一些饭店，透过它们的玻璃窗，可以看见法国人悠闲地品着咖啡、享用西餐的情景。他们的用餐动作不紧不慢，一顿午餐用一两个小时是很平常的事。他们把进午餐当作是一种休息，是在消磨时间，不像在中

国，进午餐讲究的是速度，以适应快节奏的生活。

我们在雨中欣赏里尔这座清秀的小城，也算得上是浪漫之旅。沿着中心城区走一圈，景观大多相差不了多少，只是靠近大剧院的北部，有一座大型家乐福超市，很有现代气势。它采用黑色大理石做幕墙，虽然是两层楼，但很高，气势雄伟。超市内部却是一间间小店铺，不像我们敞开式的超市那样热闹。人少，购物欲望热情不起来。中国人多，购物讲究的是一种气氛、一种氛围。

出了超市，在返回剧院途中，突然狂风大作，我们几乎被吹得飘起来。回到剧院，衣服被雨水淋湿一半。我还好，穿的是一件防雨羽绒服，只是裤子湿了半边。

我们稍作休息后，金星便来到剧院。这次跟随着她的除了巴斯卡，还有一个可爱的“小人物”——一只小狗。

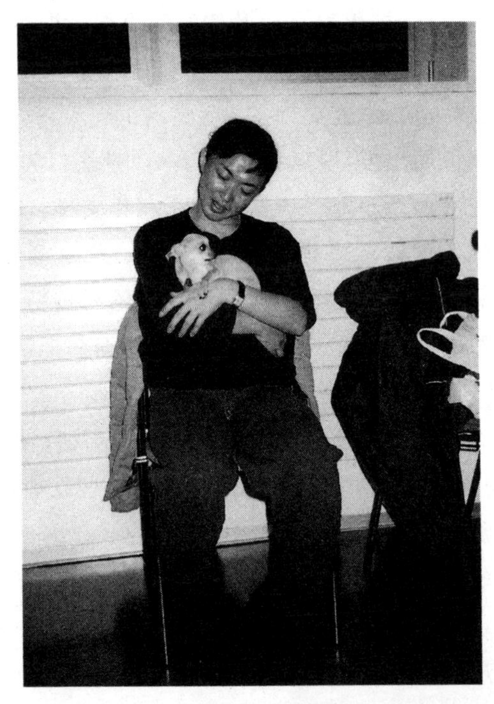

里尔演出间隙，金星爱抚心爱的宠物小狗“妞妞”

这只袖珍小狗很金贵,是金星在国外的一位朋友送给她的。这是一只雌性狗,金星给它起了一个中国名字“妞妞”。金星说:“这种袖珍小狗非常聪明,它的脑袋圆圆的,一对大眼睛鼓鼓的,特别通人性。昨天它吃东西太多,便躲在一边呕吐出来。它见我来了,又赶紧把呕出来的食物吃了进去。今天我拉开装狗的篮子,发现妞妞把昨晚吃进去的食物全部吐在篮子里。它当时很难受,但又难为情,瞧,这狗快有人的羞怯感啦!”

金星很怜爱妞妞,为它办理了护照和机票,她要把妞妞带回家去。金星爱抚自己心爱的宠物,是带着母性的温情的。她把妞妞抱在怀里,动作很轻柔。也怪,当我们抱着妞妞时它浑身都在颤抖,好像十分恐惧。而妞妞在金星的怀里,颤抖便立刻停止了。金星说:“妞妞性格灵动着呢,它是在害羞,害怕见到生人。”

我们谈论小狗,不觉勾起金星思家之情,金星说:“出来太久啦,想回上海,儿子在那边呼唤着我呢。昨晚嘟嘟在电话里说:‘大小姐,别跳舞了,回家吧!’我说:‘妈妈要挣钱养活你们呢!’可是儿子不管这,他让我把电话给巴斯卡,要和巴斯卡通电话。儿子与巴斯卡说的第一句话是:巴斯卡,我爱你!——瞧,我在儿子心里的位置都给巴斯卡占去了。”

孩子在金星心目中是天使。金星说:“我妈妈也没有想到我会有这样强烈的母性意识。我第一天给孩子换尿布的麻利和熟练程度,连妈妈看了都吃惊,妈妈问:‘你是跟谁学的?’我说:‘这有什么可学的,一看就知道该怎么去做。’有了儿子,每次我从北京回上海之前,都要把从星期一到星期五放给孩子听的音乐,给我妈妈安排好。音乐有柴可夫斯基的、贝多芬的、邓丽君的、二胡等许多著名的背景音乐,给孩子进行熏陶。而且,有时周末晚上,我几乎不睡觉,我可以盯着儿子看上一宿。这些都是我做了母亲以后才有的感受。所以,我觉得作为女人,无论用什么样的方式都要做一次母亲,只有这样这个女人才是真正完美的。女人结不结婚没有什么,

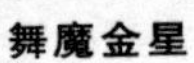

但你必须做一次母亲，没有做过母亲的人，是非常遗憾的。”

金星把母爱释放到了一种境界，甚至是忘我的境界，这是她生活中儿女情长的一面。她有自己一套教育孩子的方法，金星在孩子成长的过程中，从不迁就孩子。嘟嘟只要做错了事，他马上就会自我反省、认错。这只是一个三岁多的孩子啊！做人的道理已经明白一大堆了。

金星说：“我对孩子今后会怎么样，不去强求他。只是有一点我得负责，就是别把路走歪了。”金星是在用理性的尺度教育孩子，先学会做人，这比什么都重要。

金星今天心情很轻松，精神格外地好。欧洲巡回演出接近尾声，到处反响热烈，演出成功可期。因而，我们坐在里尔剧院里聊天，就显得很随意，没有什么压抑的情绪。

里尔大剧院是现代化的，里面很宽敞，能容纳三千观众。特别是舞台，黑色的幕布和灰色的墙壁，色调与现代舞表演很吻合，而且舞台面积比其他剧院要大得多。演员走了几圈台，感觉不错，跳得开，动作容易发挥。

傍晚，天空还飘着小雨。我有点担心，剧院在里尔城边缘，天气又不怎么好，三千个座位能坐满吗？我的担心是多余的。晚上开演，三千个座位仍然坐得满满的。据了解，有些观众还是从巴黎赶来的，他们没有赶上巴黎的六场演出，所以驱车三百公里前来观看金星的现代舞。

今晚表演的最后一个节目《色彩的感觉》，在背景幕布的处理上，金星非常有创意。她让布景工作人员把背景幕布拉开，露出黑灰色的墙壁，墙壁上有两三道横梁，显出很不规则的样子，但看起来比较生活化，是自然的本色。用这样纯自然色作布景，《色彩的感觉》很流畅地融入生活中了。

果真，《色彩的感觉》在里尔的舞台上演绎，效果格外突出。不但自然，而且舞台景深空阔，是一个大生活场面。《色彩的感觉》是

金星现代舞经典之作,值得我们仔细咀嚼、回味。这是群舞,全部演员都上场了,而且他们所穿的裙装颜色各异,赤、橙、黄、绿、青、蓝、紫,金星把日光光谱上的七色用全了,合成了鲜艳明丽的色彩感。

金星在《色彩的感觉》的编排创意上,是下了一番工夫的。音乐很动听,采用的是奥地利著名作曲家约翰·施特劳斯的作品。舞蹈糅合了芭蕾舞轻快的动作。无论是女子群舞,还是男子刚劲健美的集体舞;无论是双人或三人穿梭的舞姿的曼妙,还是单人独舞的优美、高雅,每一片色彩飘闪过,都会给你留下无比鲜明美好的印象。有一个名叫旻姿的女演员,身材高挑,表演的一段"西班牙女郎"样式的独舞相当优美。他们或像流霞轻轻飘过;或像春风拂柳,婀娜生姿;或像鹰击长空,青春焕发。这简直是一种无比美妙的享受,既领略了芭蕾舞姿的轻柔美妙,又感受到现代舞节奏的激情澎湃!

在这里尤其为人所关注的是,金星敢于打破美的常规。轮到六名男演员上场时,金星有意让道具登台。她让身穿白色工作服、头戴白色工作帽的男演员们每人骑着一辆轻便自行车,摁响铃铛,依次出场,然后在女演员们身边穿行。这一充满生活情趣的设计,很出观众的意外,等他们一阵轻松笑过,便恍然明白了编者的用意。

我把观众的笑声反馈给金星,金星说:"对,就是要让他们笑出来,很好啊,我要的就是这样的感觉。"

是的,现代舞融入了生活化内容,这样的色彩才是最自然、最富有生活情趣和青春气息的!它挠到了人们心灵的痒处,让人发出久违的会心一笑。色彩的感觉除了眼睛能直观地感受到,心灵也能发出会意的笑,这才是最感动人的。

金星在《色彩的感觉》中,融进了一种魔气,让亮丽的色彩点燃生活的节拍,使舞蹈不仅仅是形式上的华丽,而且是现实生活中的真彩。尤其是男演员们的群舞,把自行车放倒在舞台的一

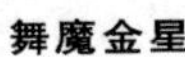

刹那间，帽子被挥动起来，衣服扣子也被瞬间拉开，动作潇洒气派，这样的美感是来自生活的，所以，看起来最感动人，会让你为之怦然心动。

相反，少女柔美的芭蕾舞舞姿，里面也不乏凝聚着现代舞旋律的节奏，这与男子刚劲、洒脱的舞蹈恰到好处地结合在一起。从而，色彩感觉的目的达到了。在最后的结束造型中，演员们为美而匍匐倒地的瞬间，连上帝看了也会感动的。但我们还意犹未尽，还想看下去……这就是金星营造的悬念魔力，你只能回味，只能把短暂的美好带进记忆的深处。

色彩是有感觉的。在金星《色彩的感觉》中，你不但感觉到了色彩的鲜艳、色彩的流动、色彩的飘逸，更能够感受到一股青春迸发的活力！她把艺术的优美，抒情在流光溢彩的舞姿中；把着了颜色的肢体语言，流动在美好的生活中；把对生活的热爱，融入浪漫的情感中，达到了情景交融、动人心魄的艺术境界。

《色彩的感觉》是金星舞蹈中最富有激情的剧目，无论在服装还是动作编排上，都达到了崭新的高度。你会越看越有滋味，青春的活力会随着剧情的深入，在你的血液里飞快地流窜起来！这是金星为《上海探戈》画上的充满激情的句号！

也许是里尔现代化的大剧院最能够体现现代舞的节奏和美感，当《色彩的感觉》结束的一瞬间，剧场沸腾了！持久的欢呼声和掌声，使得幕布不得不一次又一次拉开。我看见许多观众的眼里噙着泪花，他们的感动是来自心灵深处的，在这里，征服的意义，已经融化成理解的语言，这，或许是舞者追求的最高境界！

深夜，我们坐着大巴士离开了里尔，当巴士缓缓开出剧院门口时，我看见一群群伫立在雨中的观众，在默默目送着我们。他们不断朝我们挥手致意，因为他们在这座最现代化的大剧院里，看到了最美、最感动他们的现代舞！我在心里记下了这个场面，虽然默默无声、短暂而平静，但却是永恒的。

鲜活的布鲁塞尔

“从意大利来到比利时是有一定原因的。因为在意大利做了电视台的编舞、教课，无形之中远离我的现代舞……”

“从意大利来到比利时是有一定原因的。因为在意大利做了电视台的编舞,无形之中远离我的现代舞了。意大利的古典文化、现代时装很丰富,但现代舞却很少,我总觉得挺可惜的。后来,意大利舞蹈团请我做客座演员,排练后,跟他们一起去比利时演出。我到了比利时,突然发现它虽然没有意大利那样漂亮,但这座城市的现代意识,远远比罗马活跃得多。”

金星对比利时的感受是最为深刻的。她从意大利辞去工作,辗转到比利时,背着一个旅行包,像个流浪者,行走在布鲁塞尔街上,寻找自己喜爱的舞蹈工作。金星说,那时的心境真单纯哪,总是在寻找,没有固定的时候。

十多年后的今天,当金星再次来到布鲁塞尔,时光已经发生了根本的改变。金星虽然比不上当年的青春年少,但这一次是带着自己的舞蹈团和艺术成就来到比利时的。时光流转,今非昔比。我们乘坐的大巴士驶进布鲁塞尔城,金星激动得有点坐不住了。

金星望着车窗外的街道,激动地对我们说:“当初我就是一个人,背着一个小旅行包,行走在这条街道上,四处寻找生活。多么熟悉的环境啊！十一年啦,街道还是这样,人生却发生了根本的变化。”

接着,金星像在做向导,为我们一一介绍布鲁塞尔的名胜景观。金星说她非常喜欢比利时这个国家,人情味很浓,城市充满了活力。在这座城市生活,人会活得很年轻的。

我们被金星的情绪感染了。我用好奇的目光搜索着这座小城,果然给人的印象很鲜活。这是一座古典建筑与现代建筑结合

中国驻比利时大使关呈远等与金星合影 （摄影：洪南丽）

的城市。它不像巴黎石头城那样古板，在典雅的古建筑群体中，夹杂着一些现代的商住两用楼。仔细观察走在街道上的人，他们神情平静安详，面含微笑，让你备感亲切。

到了居住的酒店，金星让大家抓紧时间去游览布鲁塞尔广场，去看“小男孩撒尿”纪念雕塑。新地方，我们担心走迷路，大家结伴前行。还好，我们下榻的酒店离城中心不远，十多分钟就能走到要看的地方。

在布鲁塞尔城，还保留着有轨电车。这座城市的规划不像巴黎那样成规矩，拐弯的街道很多，像迷宫。布鲁塞尔广场也只有一个足球场那样大小，但建筑很有风格，哥特式的古老结构，石头墙面精雕细琢了许多雕塑。这上了几百年岁数的广场，依然可以看

见过去华丽富贵的影子。

我们颇费了一番周折，才找到了布鲁塞尔最出名的地方——小于连撒尿雕像。小男孩是“布鲁塞尔第一公民”，模样俏皮，童趣盎然。“小于连撒尿”来源于比利时民间传说，有好几个版本，流传最广的是古代西班牙入侵者在撤离布鲁塞尔时，欲用炸药炸毁城市，幸亏小男孩夜出撒尿，浇灭了导火线，为纪念小英雄，雕刻了此像。此雕像已经成为到布鲁塞尔观光的客人必去的地方。

小男孩是光着身体的，但是时间久了不穿衣服也不好。荷兰总督为他穿上了第一件衣服，此后不断有富商及各国来宾为他送衣服，他也就不时地更换衣服。市中心现成立了一家博物馆专门收藏各国赠送的服装，其中还有我国赠送的中国人民解放军军装和布鲁塞尔建城千年时北京送的汉族的对襟小裤褂。据说现在每逢哪个国家国庆日，就给他换上这个国家赠送的衣服。小男孩不仅成为“布鲁塞尔第一公民”，也逐渐成为“世界第一公民”。

布鲁塞尔的王宫也辉煌无比，是比利时最宏伟壮观的建筑物，它是比利时国王的寓所。如果王宫顶上没有插国旗，表明国王不在宫内，这时王宫免费对外开放参观。王宫内部参照法国凡尔赛宫的式样，装饰有大量的壁画、水晶灯。王宫前面是布鲁塞尔公园，公园的后面是国家宫，为比利时议会的办公地。可惜由于时间关系，我们只能在外欣赏它的尊容。

比利时是生产巧克力的故乡，所以卖巧克力的商店很多。店主大多很热情，他们请我们先品尝巧克力，然后由我们选择购买。我尝了一块，巧克力香甜味浓，不同凡响。于是，大家纷纷购买，好带回国去让亲朋好友品尝这来自万里之外的正宗比利时巧克力。

我们虽然在布鲁塞尔游览的时间很短，但我体会到金星为什么会这样留恋这个地方。这是一座人性化的城市，非常有人情味道。街上行人的面孔非常随和、亲切，你就像到了自己的故乡一样，没有歧视的眼光看你。但这样好的国度和环境，还是没有留住

金星的心。

金星说:“我在国外一直没有办绿卡。当时在美国,听说要等四年不能出来才能够获得绿卡。四年不能出去,为美国服务。我说:‘算了吧,我宁愿不要这张绿卡。’所以,当我从美国出来到意大利的那一天,我就不在乎绿卡了。这么个大活人被一片小纸张锁住,太没有价值了。这些东西都应该为人服务,不应该由人为它服务。这不是我的理念。包括我们家现在养孩子,铺的地毯,脏就脏了,实在洗不干净,就把它卖了,不要了,然后再买一个新的。”

金星对绿卡的概念是无意识的,她希望是一个自由人,不为任何人所左右,这与许多出国渴望得到绿卡的人心态是不一样的,因而,金星活得十分轻松。她没有什么心理负担,不会千方百计为谋取一个外国公民的身份而低三下四,乞求怜悯。来去自由,做自己想做的事,把腰板挺直了,活出个人样来,这是金星生存的原则。如果为限制而活着,心累啊!

在布鲁塞尔逗留的短暂一天,还有一个短暂而难忘的插曲。下午我从布鲁塞尔皇家剧院出来,看见剧院斜对面有一家中国餐馆。餐馆外挑着一个黄色的招牌,走近一看,上面写着“天然居”三个字。

“天然居”的主人卢熹女士,是当地《华报》的主编,她是同济大学毕业的高材生。经过攀谈,她得知我们是金星舞蹈团的,是来布鲁塞尔皇家剧院演出的,卢熹女士特别惊讶。她说:“能在著名的皇家剧院演出,那可是梅兰芳大师一般等级的人物才能登得上的舞台,你们真是不简单啊!”

卢熹女士的理想,是要在比利时传扬中国古典文化,她正在筹办一所道教大学,把中国古典文化编辑成课程,在当地华人和外国人中间传播。我见卢熹女士是一个开明的文化人,值得交往,于是,我和老邵夫妇一起,把她引见给金星,并且邀请她观看当晚的演出。

布鲁塞尔皇家剧院气派、大气。虽然里面的装潢已经发黄，但从它的规模和结构上细看，仍然透出当年豪华富丽的排场。古老的台柱，镶嵌着形态各异的雕塑。二楼一间间精巧雅致的小包房，仿佛还能看见过去那些贵夫人们看戏的影子。褐黄色的座椅，已经磨得十分光滑了。

演出时，我一直陪在卢熹女士的身边。卢熹女士边看边评价，她说金星很聪明，知道外国人的艺术欣赏口味，这些剧目不但精彩，而且很对外国人的文化品位。

当卢熹女士观看完《小岛》后，她激动地说："太精彩啦！外国人是编导不出这样高艺术水准的现代舞的。能把《小岛》编到这样完美的境地，真是天才的手笔啊！"

的确，表演《小岛》的两名男演员陈凯和包松龄被金星称之为"最完美的组合"。陈凯生得小巧玲珑，骨骼细长，体态轻盈，所以表演飞鸟的动作格外传神；包松龄体格健美，富有男子阳刚之气，把陈凯柔美的肢体展示衬托得非常完美。《小岛》可以说是金星现代舞皇冠上的一颗明珠，灿烂的光辉是持久的！

一个个剧目，随着难忘的乐音延续到了尾声，当《色彩的感觉》落幕后，全场震耳欲聋的掌声给卢熹女士带来了巨大的冲击！卢熹女士激动万分，她说很久没有看见中国舞蹈在皇家剧院里演出了，而且产生了这样大的轰动效应，金星真是一个了不起的艺术家啊！

看完演出，卢熹女士提出要招待金星舞蹈团吃夜宵。我把卢熹女士的意思告诉金星，金星让我们部分工作人员和演员们去，她太累，要休息。

这天晚上，我们在卢熹女士的"天然居"欢聚到深夜。卢熹女士不断招呼自己的孩子，端出"天然居"的招牌菜来招待我们。我们感到很亲切。中国人相聚在一起，就有了一种家的氛围。

我们在布鲁塞尔只住了短暂的一夜，而在这一夜里，我又领略到另外一个国度的风情。这风情虽然不像画布上画的那样静美，

但它是鲜活的,是从画面上跳跃出来的美好生活。我想,金星在这一夜里,她的内心世界更丰富,除了时过境迁的感受,还有缠绵于心的浪漫回忆。

金星当年是从比利时回国的。她辞去了比利时皇家舞蹈学院的全部职务,告别与她相爱的恋人,放弃优厚的薪水,毅然回归到故土母亲的怀抱。

金星说:“出去看一下,比较一下,你的皮肤是永远改变不了的。你可以看到人们对你的神情和态度。有时对你热情,是对你文化的热情,对你文化的尊重。这就是我的感受。在国内,我受部队那么多年教育,我的爱国心并不强烈,我觉得那是宣传。但出国以后,我真是热爱自己的祖国。”

完美的乐章

清晨，我们乘坐高速列车离开布鲁塞尔，直接去欧洲巡回演出的最后一站——里昂。里昂位于法国东南……

清晨，我们乘坐高速列车离开布鲁塞尔，直接去欧洲巡回演出的最后一站——里昂。

里昂位于法国东南部，与布鲁塞尔相隔六百多公里。里昂是一个叫隆的男人河与一个叫索恩的女人河合二为一生出的孩子。她有过一段辉煌的历史，那是作为进攻戈尔的基地而繁荣的罗马时代。这里也曾有过一段令人屈辱的历史，当时的基督教徒曾受到残酷迫害，殉教者血染了整个里昂城。

列车在穿过里昂境地时，我们看见大片积雪覆盖在麦田上。稍过一会，天空转晴，积雪又迅速融化进绿色的麦田中。落雪潜入春的怀抱，春又孕育出冬的姿容。这里冬春交替的景象，令我们感到新奇。

在里昂车站下车后，我们乘坐巴士，驶过里昂索恩河大桥，来到里昂剧院。剧院距离城中心还有两公里路，这是由一座大型工厂制造车间改建而成的特大剧院。演出公司在剧院中心搭建了一座舞台，舞台是用黑色幕布围聚起来的，远远望去，像是给幽灵布置的舞台。

金星的化妆间在离舞台二百米的地方。金星说："这怎么来得及换装上场啊！算了，就在临时化妆地方工作吧。"临时化妆室在舞台两侧，是用帐篷搭建起来的简易化妆室。这是最后一场演出，大家的情绪很好，连我也被派上了收拾演员服装的工作。杨鸣和董明霞对我命令道："你天天看演出，该看过瘾了吧！最后一场演出，也得让我们看一看，你替我们收拾服装。"我说："行啊，今天演出后勤工作，我承包啦！"

两位女士很高兴，整天听我评述金星的舞蹈如何精彩，可是她们忙着后台工作，没有一回看彻底过。金星也说："杨老师，换衣服的事我自己来，今天你坐在台下看个全场吧！"

不过，虽然承包了收拾服装的工作，我也不时地抽空站在舞台侧面，瞄上几眼我喜爱的剧目。真是难忘啊！欧洲十三场巡演，终于轮到最后一场。也许这一场演出后，一些演员今后再不会出现在金星编导的节目中了。舞蹈演员就像"铁打的营盘，流水的兵"一样，不是永远固定的。而且金星本人随着年龄的增长，每过一个年龄段，演出都要消耗她成倍的精力。金星感慨地说："我不知道自己还能跳多久？舞蹈这活谁也说不准，走一步看一步吧！"

因而，在里昂的最后一场演出，我感到弥足珍贵。幕布徐徐拉开，熟悉的音乐在宽广的剧院里回荡着。那一幕幕难忘的剧目，随着音乐的流动，在一分一秒地向终点演绎而去。在这黑色布景的舞台中，金星很多处设计的白色服装在演出中效果非常好，给人一种幽冥、诡谲的感觉。这是金星现代舞包含的一种"鬼"气元素。当然，"鬼"气的元素中是有深意的。如果没有对人生深刻的理解，凭空是制造不了这么迷惑人的"鬼"气的。

金星说："我的生活、我的很多举止在被人议论中、在被人误解中，因为我很少解释。这可能跟我的星座有关系，我是狮子座的，别人伤害了我，我舔一舔自己的伤口，继续朝前走。这是狮子，它不跟其他幼小的动物较量，这真像我的性格。"

这就是金星对待伤口的哲理。正因为有这样的大气度，才能容得下这么多的"鬼"气、仙气、灵气！

你可以从《脚步》中感受到奔跑在人生边缘的灵魂的脚步声；可以从《舞 02》中体会到人生情感细腻绵长的梦呓对话；可以从《红葡萄酒》的醉意中感受到孤独而浪漫的寂寞；可以从《四喜》古色古香的肢体语言中体味女人特有的心理变化；可以从《上海探戈》中感受情感命运的打击和抗争；可以从《半梦》里找到人生另一

半感情的依托；可以从《小岛》中领略到艺术快感的极致；可以从《红与黑》中得到生命节奏的美感；可以从《记忆的独白》里找到黑天鹅复活了的梦想；可以从《色彩的感觉》中获得青春活力的升华！

真美！这就是金星为我们带来的行为艺术，像一颗真正的金星，带着艺术才华迸发的灵感，散发着智慧的光芒，闪耀在东方的天际！

“我站在舞台上，完完全全是个悲剧角色。很多人看我跳舞，不知不觉要落泪。我问他们：‘是为我难受吗？’他们说：‘不知道。’”

“生命是痛苦的，过程是美丽的。所以，我把这种生命的痛苦，融入肢体语言里，使人们感受到了我们共同经历的痛苦。这种痛苦是和美同时存在的。我相信自己行善积德的方式就是这样的，我的这种行善积德的方式，是把这种真实的感受，化为生命呈现在舞台上。”

金星实现了自己的梦想，她在感受痛苦经历的同时，把一种新奇完美的现代舞艺术呈现在生命的舞台上。

演出结束了，终于结束了！全场观众起立，以特有的十多分钟的掌声和欢呼声，向这位中国的艺术家表示他们的尊重和极大的热情。感动！畅流在我们血脉里的感动！在完美的乐章里，感动震慑了我们的灵魂和眼泪。只有亲身到现场，才会体验到这种让你永远不能忘怀的记忆……

里昂的夜晚是平静的，平静得像静静流淌的索恩河一样，四周静谧得有点出奇。我想起里昂的历史，殉教者血染了整个里昂城的那个久远的世纪。他们悲壮的气息，也许一直延续到现在。所以，里昂的夜晚给人的感觉是那样的幽静，像无声流动着安息的乐音，那是从天国里传递来的声音。不知怎么，这一夜，我心里特别轻松愉快，没有再想什么，我很快入睡了。

第二天清晨，我和杨鸣、洪南丽，还有两个演员一道去观赏了里昂索恩河两岸风景。美丽的索恩河流淌到里昂城，便变得像一个文静的少女。它平静地从索恩河大桥下流过，碧蓝的河水，是那

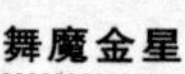

样地纯净。站在大桥上向远处眺望,河水的尽头,好像是与蔚蓝的天色相接在一起。

今天是星期日,是法国人休息的日子。所以两岸风景带很少有人经过。我们沿着里昂河散着步,不时看见河边休息的成双成对的野鸭、水鸟,在浅滩的石头边打着盹。我感觉到这里的动物跟人一样,也懂得生活的享受。太静了,太悠闲了。

这时,我突然发现河边一棵矮树上,停留着一只展翅欲飞的海鸥。待我走近一看,海鸥早已死去,可是她的姿态是处在飞行状态的。她弱小的身体伏在树杈间,双翅稍微伸展开,嘴巴微微张着,好像在呼唤着什么。微风吹动着它的羽毛,赋予她些许的活气。她死去的形状是富有生命动感的,这是一幅凄美的画面。索恩河水在它的身下轻轻流动着,仿佛在延续着它呼唤的声音。

我站在这棵树前看了许久,想了许久。这幅画面很打动我。这是一个舞者的形象,即使在生命最后一刻,也没有忘记生命动感的姿态。自然世界里,有很多东西是有灵性的,是与人的第六感觉相通的。

我们也许不能理喻这淡静而凄美的事物所带来的某种启示,但我们会有所触动,或许我们生活了一辈子,还没有这只海鸥对生活理解得这样透彻,解放得这样自由、奔放!

从里昂回到巴黎 IBIS 酒店,这是在巴黎度过的最后一个夜晚。“赤隆克”李晓燕夫妇要热情招待我们,金星说:“既然人家这样盛情,那我们每人出五欧元,今天晚上在赤隆克会餐。”

可是,李晓燕夫妇不肯收我们一分钱。李晓燕说:“要收钱,你们就见外啦!都是中国人,你们这一去,不知什么年月才能再来巴黎。我们有缘分啊!以后我们去上海,还要请你们做向导呢!”

金星没有办法,只好同意了李晓燕夫妇的要求。这一晚,金星带着巴斯卡一起来到酒店,并提了一包葡萄酒和洋酒。第二次聚餐赤隆克,像到了家一样。李晓燕夫妇为我们准备了两大盆卤鸭

腿和鸭脚板，还有他们的特色凉菜和炒菜。大家无所顾忌，明天起程回国，今晚可是要大醉一场啊！

这一夜，我们都醉了，连过节也没有这样开心过。金星和巴斯卡也喝了不少酒。金星举杯感谢大家圆满完成了这次欧洲巡回演出任务，她饮干了满满一杯红葡萄酒。

金星说："虽然高处不胜寒，但我们今天站在了高处。而且今年十月还要到欧洲巡回演出三十场，要演到过新年呢！"

在这圆满的醉意氛围中，还有什么比醉酒的滋味更能挑动人心呢？天下没有不散的宴席。夜深了，我们仍然彼此相望着，静静坐在这个名叫李晓燕的温州女士开的赤隆克饭店，感受离别的滋味。金星和巴斯卡走了，演员们一一离开了赤隆克。这时，老邵和夫人董明霞匆匆从朋友聚会处赶来，他们要向赤隆克作最后的道别。

我站在巴黎的夜空下，仰望着明丽的星空，长长舒了一口气。时空互换，斗转星移，没有什么事物能一直雄霸天下的。这时，我想起金星在自传里说过的话——

"我特别相信老祖宗的一句话：三十年河东，三十年河西。人外有人，天外有天。一个出色的演员，拥有这种心态，非常重要。谁不想做最好的，我尽量在我的范围内做最好的，但我也要想到还有比我更好的。当你发光的时候，比你更好的也许在你的另外一面。"江山轮流坐"。这种心态，一直支持我到现在。我对自己惟一的要求就是：时刻准备着。每次来的机会你都会撑上去，当你把这个机会撑破了以后，这说明更大的机会在后面等待着你。如果你的能力把更大的机会又撑破了，证明你还能往上走。但也不要忘了：高处不胜寒。"

"很多朋友说我是个阳光明媚的人。我之所以像阳光一样灿烂地活着，因为我心里有个处世的尺度：痛苦始终是留给自己的。痛苦可以自己去消化，可以自己去咀嚼，你要给别人带来快乐。所

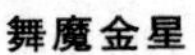

以,人们看见的我是阳光明媚的,没有任何烦恼的。”

这就是金星的人生境界。我们所认识的真实的金星,一个拥有平常的心态,用平常的态度对待事物的变化,抓住一切机遇,发挥智慧的潜能,摘取艺术皇冠的奇人!

路曼曼其修远兮。艺术的道路是无尽头的。我相信,欧洲巡演只是金星艺术人生道路上的一个驿站,她要走的路还漫长,奇迹会一次又一次在探索的过程中,向我们神秘地呈现出来。我们期待着——黎明时分,那颗横空出世、灼亮天际的金星!

2004 年 7 月 7 日完稿

2005 年 1 月 18 日定稿

金星简历

1968 年出生；

9 岁考入沈阳军区歌舞团；

1978 年进入沈阳军区前进歌舞团；

1984 年毕业于解放军艺术学院；

1985 年首创男子足尖舞；曾获首届“中国桃李杯”邀请赛特别优秀奖；

1986 年获第二届全国舞蹈比赛特别优秀演员奖；

1987 年参加广东舞蹈学校现代舞实验班；

1988 年作为中国内地第一位获得美国艺术研究全额奖学金的中国艺术家赴美深造，学习现代舞；

1989 年在韩国汉城举办个人作品晚会；

1991 年被美国舞蹈节聘为首席编舞，创作舞蹈《半梦》，获舞蹈节“最佳编舞奖”及“最佳编舞家”称号；同年赴意大利受聘于意大利电视一台(RAI UNO)进驻编舞；

1992 年赴比利时任皇家舞蹈学院教授，创建比利时白风现代舞团，并举办两次个人作品晚会；

1993 年受聘于中华人民共和国文化部，举办全国舞蹈编导基训班、全国现代舞演员训练班；同年 11 月在京举办个人现代舞《半梦》专场，获得巨大成功和广泛赞誉，为中国式现代舞的创始人；

1995 年在北京医科大学整形外科医院做变性手术，实现了由男人变为女人的转换；

1996 年与北京市文化局联合创办北京现代舞团，首任艺术总监；成功推出大型现代舞专场《红与黑》、《向日葵》；

1997 年主演话剧《断腕》;12 月导演音乐剧《音乐之声》;

1998 年 5 月在北京创作并表演现代舞剧《贵妃醉“久”》;6 月举办北京现代舞团精品晚会;8 月作品《红与黑》获中华人民共和国文化部颁发的“文华奖”;10 月参加亚洲艺术节,创作并表演个人作品《凌晨 3 点》。同年,辞去北京现代舞团总监职位,成立金星现代舞团(这是中国内地目前惟一的私人现代舞团);

1999 年参加英国访问艺术、管理人员交流项目,并在伦敦举办个人专场《最后的红蝴蝶》;

2000 年在上海大剧院推出《海上风》和《卡尔米娜 · 布拉娜》现代舞专场;

2001 年与德国艺术家合作首演《永远的现在时》现代舞专场,应邀参加韩国汉城国际艺术节;

2002 年与英国著名钢琴家乔安娜 · 麦克瑞格合作首演现代舞多媒体剧《从东到西》;

2003 年编导大型现代舞《上海探戈》,应邀参加深圳中外精品艺术节展演;

2004 年《上海探戈》赴欧洲巡演,引起轰动;欧洲评论界以“正当我们的现代舞不知该往何处发展的时候,一个来自东方的舞蹈艺术家给我们指明了方向”的极高评价,使金星的现代舞蹈受到前所未有的关注。

舞魔金星

著　　者／吴易梦

责任编辑／刘冬冠　秦皖春
装帧设计／张晶灵
版式设计／李如琬
宣传统筹／孙德华
责任制作／晏恒全
责任校对／周国信

出　　版／世纪出版集团
上海远東出版社
(200336)　中国上海市仙霞路 357 号
http://www.ydbook.com
发　　行／新华书店上海发行所
上海远東出版社
制　　版／南京理工出版信息技术有限公司
印　　刷／昆山市亭林印刷有限责任公司
装　　订／昆山市亭林印刷有限责任公司

版　　次／2005 年 4 月第 1 版
印　　次／2005 年 4 月第 1 次印刷
开　　本／890×1240　1/32
字　　数／150 千字
印　　张／6
印　　数／1—8100

ISBN 7—80706—035—2
I·114　定价：18.00 元